雨野景太與青春 SKILLS RESET

9

GAMERS

電玩咖!

Kadokawa Fantastic Novels

伏黑美衣
Mii Fushiguro
即使走失了，還是一副高姿態的哥德蘿莉女童。
「大哥哥……你是『有用的人』嗎？」
「很不巧，『這個』的『所有權』是歸老娘的。」
伏黑真音
Main Fushiguro
身披魔王氣場及空服員制服，美衣的「媽媽」。

「不可思議的是……
感覺上也不像完全重開新局呢。」
星之守千秋
Chiaki Hoshinomori
由於過新年，便穿著一
身和服出現的

GAMERS 電玩咖！

雨野景太與青春SKILLS RESET

9

Sekina Aoi

葵せきな

Kadokawa Fantastic Novels

彩頁、內文插畫／仙人掌

GAMERS

電玩咖！

雨野景太與青春SKILLS RESET

Keita Amano and youth skills reset

START

✖電玩咖與覆蓋紀錄

對北方大地的學生玩家來說，冬天是幸福無比的季節。

畢竟聖誕節商戰供應了大量電玩軟體以後，就有壓歲錢的收入進來，還有寒假提供玩遊戲的時間。

何況北方大地的寒假其實比一般多了十天左右。

這不叫學生玩家的黃金季節（Golden Season）要叫什麼？

因為有這些，我們落單電玩咖才能忍受悽慘的學生生活。

正因如此，現在，我想大聲明言。

落單電玩咖在寒假會像冬眠的熊一樣窩在自己房間是理所當然的事情。天經地義。事出有因必有果——

「大哥，差不多要出門嘍～～信叔叔那邊，已經有其他親戚到了。」

——彷彿要破壞我內心的旁白，我弟弟光正從外頭敲門，並用言語將殘酷的現實擺到我面前。

在只有電腦畫面當光源的陰鬱房間裡，我抱腿坐在電腦椅上出聲回應走廊上的弟弟。

「…………你、你去幫我領壓歲錢回來就好，光正。」

「順口說出的人渣發言可以免了。快點出來啦，大哥，你是怎麼了嘛。」

「……我在鬧彆扭。」

「那不就跟平時一樣？話說到去年為止，親戚在元旦辦的聚會，你都是開心地照常出席啊，怎麼現在才鬧彆扭？」

光正從門外問道……讀高二的哥哥正被讀國三的弟弟好言相勸，這樣的事實已經慘到讓人想哭了。

即使如此，我還是要多堅持一下。我無謂地用指頭搓著桌上的小塊汙漬並回話：

「……我們會到信叔叔他們家前面參拜，對不對？」

「嗯？對啊，因為順路嘛。那也是每年都會去的吧？」

「是這樣沒錯……可是，仔細一想，那間神社就在街上……」

「？怎樣？」

門外傳來光正歪過頭的動靜。

我大大地嘆了口氣……然後才總算告訴他問題的核心。

「我覺得跟星之守姊妹或天道同學碰上的可能性還滿高的耶……」

「…………什麼？呃，那個……咦？所以呢？有什麼問題？」

光正由衷不解地出聲問我。唉，這也難怪。因為我……我基於極為個人的理由，目前並不想跟她們見面。

呃，不想見她們，這樣的說法大概有些語病。

正確來說……我是沒臉見她們。

之所以如此……

「（在聖誕派對那晚……心春同學當面指出一項噁心到極點又缺乏誠信的事實，那就是我其實有意識到千秋是女生……）」

而且，整段對話還被當事人千秋聽見，情況糟透了。

「（後來聖誕派對是怎麼收尾的，我根本不記得……）」

千秋肯定也一樣。在那之後，我和千秋面對彼此始終都心神不寧。六名參加者之中有兩名這樣，其他成員當然也就無法炒熱氣氛。

結果，派對應該算不歡而散……我也不確定就是了。
總之可以當成不幸中的大幸的是那場「事故」就只有我、千秋和心春同學三個人曉得。像天道同學、上原同學還有亞玖璃同學，頂多只有察覺「後半的情況不對勁」才對。
從這方面來說，包含星之守姊妹在內，我並沒有被任何人怪罪些什麼。
……除了一個人以外。

只有我，正強烈怪罪著我自己。

我用力抱緊自己屈膝坐在電腦椅上的大腿。
天道同學與星之守姊妹自然不用說，運像上原同學和亞玖璃同學那樣在戀愛中散發光彩而令人尊敬的朋友，我現在都盡可能不想見到面。
畢竟那就好像在有規定衣著的華麗派對上，只有自己被迫穿內衣褲參加一樣。
當下的我受到了自己簡直配不上的一群好朋友眷顧。
不過，正因為在如此的當下。
他們人越好，越會讓我覺得自己比當落單族的時候還要難堪。
「…………」

我驀然望向電腦畫面。那裡顯示的是〈ＮＯＢＥ〉新作ＲＰＧ玩到末尾的城鎮風景。接下來只要去北方不遠處的最後迷宮打王，就能迎接結局，離破關只差一步。但……

「…………」

我拿遊戲手把按了幾下，勇者朝城外踏出一步，隨機遇敵制的小兵頓時出現。選擇「戰鬥」。下個瞬間——

〈閃亮人使用魔法「青春之光」將周圍燒得一片精光！勇者們受到平均１０６８的傷害！勇者們全滅了……〉

「……唉。」

遊戲回到標題畫面，我選擇讀檔。冒險又從末尾城鎮的教會開始。

「…………」

好似要確認什麼，我按了按鈕打開勇者們的狀態欄畫面。

然後，顯示在上面的依舊是——

〈勇者：等級１　武鬥家：等級１　僧侶：等級１　魔法師：等級１〉

——令人絕望的狀態欄。

全都是ＢＵＧ害的。在這座城鎮做出特定行動，就會讓主角們回歸初期狀態與初期裝備又身無分文的ＢＵＧ，居然被我碰上了。

結果……因為也沒有手段能傳送到其他城鎮，我只好步行離開城鎮。末尾地區的魔物當然就是強到爆炸，主角們實在打不過，練不到功也賺不到錢。連要腳踏實地從零重新出發都不被允許的絕望處境。

……換句話說，就是徹底「卡關」的狀態。

「…………唉。」

「？大哥？怎麼了？結果你為什麼不想跟千秋學姊她們見面？」

「…………現在的我，正好跟這一樣。」

「你說的是哪個啦？」

門外傳來光正感到不可思議的聲音。那當然了，他又看不見這個畫面，應該會覺得莫名其妙吧。儘管我覺得過意不去，卻也提不起力氣跟他說明這種如地獄般的現狀。

我沉默下來以後，光正又從外頭搭話了。

「我是不太清楚狀況啦……不過應該不要緊吧？一般來講，跟特定的人也沒那麼容易遇見啊。」

「一般的話啦。可是該怎麼說呢，我覺得像我這種人，就是有九成的機率會遇見。」

「……不至於吧……嗯……還好啦…………呃～～……」

打圓場的光正語塞了……這樣啊……在你看來，也覺得哥哥生來就是這種命嗎……我想也是啦……

我更加篤定地繼續說：

「所以我不去！我不能去！我不該去！」

「講得像非核三原則的節奏也沒用喔。走了啦，哥～」

「不，我就說……」

我仍試著找藉口，光正就稍微壓低說話的音調嘀咕：

「可是說來說去，結果我們家長兄還是傻得不會逃避那種事吧？」

「……才、才沒有……」

我「唔唔」地哽住了，光正就在外頭邊笑邊繼續說：

「我曉得喔。大哥你早就把頭髮、衣服、行李統統都準備好了。」

「…………」

……我嘆了氣，然後用手邊的遙控器開房裡的燈。如光正所說，一切早就準備就緒……

連我都討厭自己這樣的作風。

知道一走出城鎮就會變成強敵的飼料，又沒有多了不起的對策，即使如此，心裡仍覺得應該尚有可為，就「加減」做了準備而出發的傻瓜勇者。那就是我。明明看也知道會迎接GAME OVER結局耶。

這時候，外頭傳來光正離去的動靜。

「那就快點下樓吧，不長眼的大哥。」

聽了來自弟弟的這句話。

我用力抱緊大腿……足足十秒鐘。

「…………唉……好，走吧！」

我使勁從電腦椅起身。

跨過年頭，我總算下定決心……從聖誕節那次之後，這幾乎可說是我第一次正式出門。

＊

從我們家到叔叔家的車程約三十分鐘，途中就有間大大的神社，叫海老平神社。那是跟知名大社或神宮沒得比的鄉下神社，話雖如此，在這一帶仍屬最氣派的神社，過年時也會有攤販出來做生意，好不熱鬧。

只不過，祭祀的神明為掌管開拓的神明，並非那種能保佑學業或結緣而具吸引力的神明，所以在報考季節或情人節不會特別熱鬧。平時就是一片寂靜，正因如此，才融入了當地居民的日常生活並受到愛戴，就是這樣的神社。

當我們可以看見海老平神社的鳥居附近滿滿都是人以後，走在我旁邊的光正就吃不消地垂下肩膀。

「啊～～……我是不是也該跟爸媽一起去逛百貨公司打發時間才對？」

「別說了。還有光正，連你也去百貨公司的話，我們家不就剩我一個人來了？參拜的態度要認真。」

由於這座神社的停車場很窄，我們總是把車停到附近的大型百貨公司，再從那裡走路過來。不過今天爸媽說要多買些給信叔叔的伴手禮再來參拜，因此目前的狀況是只有我跟光正在前往神社的路上。

光正把手插在大衣口袋，帶著有些達觀的表情嘆氣。

「基本上，我不太喜歡神明之類的概念。」

「你在神社前面講這什麼話，中二病發作嗎？」

「我讀中三就是了。呃，該怎麼說呢，你不覺得所有的事情，都應該靠人自己的努力或意志來成就嗎？」

「不覺得。」

我立即回答。光正瞪大了眼睛，我就帶著認真的表情繼續說：

「在戰況吃緊的BOSS戰當中，靠著扯到不行的爆擊連連出，勉強才打贏的那種興奮，我認為是有的。那種奇蹟有必要存在，絕對有必要，能讓遊戲確實變好玩。」

「我們家大哥是非得事事都用電玩來比喻才滿意的人嗎？」

光正傻眼似的嘆息。面對這樣的他，我帶著笑容繼續說：

「不過光正，你那種思考方式，總覺得跟心春同學很像——欸，你怎麼了，光正！幹嘛板起臉擺出那種只會在不良少年漫畫看到的表情！」

「呃……沒什麼，大哥，我只是……被親人稍微重創了身為人類的尊嚴……」

「那不就嚴重了！咦，抱歉，我說了什麼不恰當的話嗎？」

「不，沒事的。大哥你沒有錯，錯都錯在那個黑色雙馬尾，讓人聯想到蟑螂觸角的下等生物。」

「蟑、蟑螂？」

我實在不懂光正說的是誰，便感到困惑。

於是——

「咳咳咳！」

——從我們背後突然傳來極為帶刺的咳嗽清嗓聲。

我連忙回頭，就發現有觸角——不，有黑色雙馬尾的少女身影。

「那、那邊的重度S兄弟檔，是在聊些什麼呢？」

「心、心春同學？」

……不知道該說是意外或正如所料……在我目前不想見的人當中能爭第一、第二名的女性，星之守心春同學，在過年仍穿著一身跟平時無異的大衣站在那裡。

遇到她令我啞口無言，旁邊的光正卻絲毫不為所動，還面無表情地回答她：

「啊，這不是痴女——星之守心春學姊嗎？新年快樂。哎呀～～真巧，我們剛才正好談到妳。」

「！新、新年快樂……不、不過，我看不是吧？你們剛才並沒有提到我啊，對嘛，你們不是講到蟑螂怎麼樣嗎——」

「是啊！所以嘍！我們剛才聊到的正是『妳』！」

「…………」

「…………」

他們倆笑咪咪的，視線濺出劈啪作響的火花……感覺上這兩個人果然滿要好耶，雖然彼此應該沒什麼交集……嗯～～

當我觀察這樣的兩人時，從心春同學後方就傳來彷彿被穿不慣的草鞋耽擱到的嗟嗟腳步

聲，還有熟悉的細細嗓音。

「等、等我一下，心春，妳為什麼自己先走——」

話說到這裡，嗓音的主人看見我們兄弟倆的身影……不，主要是看見我，就當場停住了。我也一樣望著她的身影，說不出話地呆立不動。

「啊，景、景太……」

「……千……千秋……」

難以言喻而尷尬無比的氣氛從我們倆之間流過……這不僅是因為聖誕派對過後的尷尬。真正讓我心慌的……是千秋穿上和服的模樣實在太漂亮。

「「…………」」

千秋害羞似的臉紅，還匆匆躲到心春同學背後。不知道為什麼，我也覺得自己好像看了不該看的東西，忍不住就轉開視線……假如只有我們兩個人，難保不會因為場面太尷尬而悄悄地直接告別。可是……彼此的弟弟&妹妹當然不會允許這種事。

先前水火不容的態度不知去了哪裡，光正與心春同學頓時顯得合拍到不行地動了起來。

「啊，千秋學姊！新年快樂！哎呀，妳穿和服嗎！真是不錯！大哥，你也來看看千秋學姊穿和服的模樣嘛！」

「咦？啊，嗯、嗯……」

我被逼著站到前面。於是在我面前，千秋也一樣被心春同學硬是推向前。

「就是啊！學長，請看我們家姊姊穿和服的模樣！正因為是花色含蓄的小紋款式，更能襯托出我姊天生麗質！這好比是為你打扮的耶，學長！」

「咦？沒有，不是的，我我我會穿這樣，是因為心春硬要——」

「不說這些了，學長！怎麼樣呢！這副打扮，你覺得怎麼樣！」

「咦？為、為什麼要問……」

我心生動搖，接著就換光正逼到我面前。

「來，大哥！面對打扮過的女性，你應該有話要說吧！這是禮貌！對不對？而且要說的話，還是要由大哥先說才對！來吧！」

「咦……咦咦！」

「姊，妳也來嘛！好好站到雨野學長前面！」

「咦、咦咦！」

我跟千秋兩個人莫名其妙就被移到神社前面……不至於礙到人的位置，並且面對面。

「「…………」」

什麼肉麻的氣氛啊，讓人覺得婚禮前夕的新郎新娘也不過爾爾。鬧成這樣幾乎都要被逼著發誓相愛了……我好想逃。想逃歸想逃……

「「說吧！說吧！說吧！」」

……積極起鬨的弟弟&妹妹卻給了驚人壓力。到底是什麼使他們這麼做？不管怎樣……可以確定的似乎就只有一點，我和千秋逃不掉了。

「（……唉。我看就趕快稱讚千秋幾句，讓這件事結束好了。）」

為了千秋好，我也應該這麼做吧。嗯，反正又不是叫我告白。就算我是落單族男生，被要求稱讚熟人的穿著打扮，還是可以輕鬆辦到啦。受不了，別小看我和千秋。

我調適過心態以後就重新面對千秋，接著——

「（——糟糕。）」

——我感覺到隨便想好的誇獎詞不翼而飛了。

「「…………」」

打扮過的千秋目光頻頻往上瞟過來，看了她那副好似在害羞的模樣……我的臉也變得越來越燙。

「（這、這是怎樣？奇、奇怪了。要、要對女生講一兩句客套話，我也會啊……）」

我敢說。我敢說才對。之前被亞玖璃同學問「發現人家稍微修過髮尾了嗎？」的時候，我可是一點也不誠懇地回答：「當然了！哎呀，您真美！」然後就挨揍耶。要隨口誇獎認識的女性，這種小事我怎麼可能……怎麼可能做不到……

「…………啊，唔。」

……不行，話說不出來。好羞人。要我稱讚千秋「可愛」……如今光是這點小事，就讓我羞得受不了。

畢竟……傷腦筋的是……不管用什麼方式表達……

「（……都、都只會是我的真心話嘛！）」

混帳！為什麼我會覺得千秋真的好可愛！那樣當然夠羞人的了！又不是在客套！完全就是真心話！跟隨口應付亞玖璃同學然後討打根本不一樣！

「「…………」」

我們倆維持著尷尬的氣氛，時間分分刻刻地逐漸過去……拖到現在，連促成這種局面的光正和心春同學都開始害臊了。從他們倆臉上——

「「現在是怎樣？醞釀這麼久，要誇獎就更難開口了嘛！」」

甚至看得出這樣的心思。正是如此。如今……或許是因為我錯失了簡單誇個幾句的時機，我跟千秋之間的尷尬度隨時都在刷新最高紀錄。

……再這樣下去不行。雖然我也一樣，但千秋還是比誰都可憐。

我吸了一口氣以後才總算下定決心，望向千秋的眼睛……勉強告訴她：

「……我……我覺得……妳這樣穿，很可愛……」

「……謝……………謝謝你……」

不知道為什麼，我們倆都用了敬語，更在隨後對彼此點頭如搗蒜。

至於觀望這一幕的弟妹組……都興奮得像是有什麼炸開了一樣，突然就牽起各自的兄&姊的手邁步並同時高喊：

「「大吉大利！」」

「「什麼跟什麼啦！」」

我不太懂狀況，可是光正和心春同學都心情大好。

儘管我跟千秋就被他們倆拖著走，還折騰得眼珠子直打轉，當我們目光驀然交會時，那一瞬間——

「「…………呵呵！」」

——我們倆彼此交換了夾雜苦笑與羞澀笑容的微笑……以我們自己的方式，重新於新年問好了。

＊

進入神社境內以手水完成淨心淨身後，我們四個便排到參拜的行列。雖說是鄉下，元旦白天的參拜者難免較多，抵達奉獻箱之前似乎還要等上五分鐘。

我們雙方都因為類似的緣故，才會在父母沒到的情況下過來參拜，互相講完其中經過之後，就藉由光正和心春同學的引領……故作自然的他們很明顯是刻意讓一行人分成我跟千秋、光正和心春同學兩兩一組排隊。而且，光正他們隨後還表示：

「啊，我今年要考試，所以先去求個護身符再過來。跟髒東西一起。」

「我問你喔，髒東西指的是誰？欸？為什麼你要拉我的手臂？欸？」

然後就走掉了，因此到最後便剩下我跟千秋兩人獨處……

「「…………」」

我們倆被看起來甚是幸福的老夫婦前後包夾，忸忸怩怩地低下頭。對話無法起頭。

……但是沒多久之後，我忍不住噗哧發笑了。穿和服的千秋偏頭朝我仰望而來。

「？景太，你怎麼了？」

「啊，沒有。該怎麼說呢……我們去年發生過那麼多事，結果感覺還是著落在一開始的

距離感。我總覺得滿好笑的。」

「一開始的距離感嗎？……啊～～……」

於是千秋仰望天空，像在回想我們之間第一次接觸，然後很快就露出跟我一樣的笑容。

「是啊是啊！從跟你認識後不久，一直到對萌發生歧見之前，的確就是像這種感覺。明明有好多話想對彼此說，卻覺得不好意思，還客客氣氣的……」

「對對對。然後像那樣一想，我就覺得……我們實在太不爭氣了，好好笑。」

「啊哈哈，的確的確。去年我們真的發生過好多事情耶。」

「就是說啊。結果，過了年以後卻又待在跟最初相同的起點……我跟妳的遊戲技術，連用在真實人生的旅途上都弱得不得了……」

我嘆著氣告訴千秋，千秋也嘻嘻笑著……並且「不過不過——」地接話：

「不可思議的是……感覺上也不像完全重開新局呢。」

「嗯……妳說得對。」

這時候，我重新探頭看了千秋的表情。她羞赧似的微笑著……不可思議的是，我現在可以坦然感受到她那樣好可愛。跟之前……果然有所不同。

即使冒險結束，等級和裝備全都沒了，「將世界繞完一趟」的勇者跟在最初的村子和平度日時的勇者一比，就是有如此確實的差異。

我跟千秋……也是把去年的所有經驗連著苦澀的部分都吸收進去，如今才會在這裡。

現在我覺得那有一點值得驕傲了。

……沒錯。所有事情都不可以輕易抹滅。所以……

「啊，景太，接下來換我們了喔。」

思考到一半就輪到我跟千秋參拜了。我們從錢包裡準備好零錢，等前面的人拜完，然後走到奉獻箱前面。

接著我們倆投了零錢，彷彿事先說好似的在同一時間完成二禮、二拍手的動作，並且閉眼在心中向神明訴說。

「「…………」」

像這種時候，往常我都會跟輕小說主角的獨白一樣報告許多事。無論面對神明或墓碑，要向眼睛看不見的存在訴說，就是個客觀地重新審視自己的好機會……想也知道嘛，畢竟我在日常生活中……該反省的部分不少……

但今天排隊的人也多，因此我決定簡潔地表達完重點就好。

「（久未問候。幸得神明眷顧，去年是相當美好的一年。我認識許多自己簡直配不上且值得尊敬的朋友，感謝神明。今年我希望能用自己的方式盡可能回報大家的恩情。最後……希望今年這一年，對我重視的人們而言會是好的一年，若神明願意保佑便是甚幸。）」

我睜開眼，在最後恭敬地行了一禮完成參拜，然後就發現千秋又是在跟我一模一樣的時間點拜完神明。我自以為對這種現象已經大致習慣了，不過同步成這樣還是會有點害臊……儘管我也沒有特地確認，但從千秋那溫柔的表情看來，總覺得她許願的內容似乎也跟我大同小異。

為了躲避背後那對老夫婦的和藹眼神，我們便離開奉獻箱前面。接著我跟千秋直接先退到神社境內人較少的位置，才鬆了一口氣。

「那個那個，景太，我只要想到有人在後面等就會莫名不安耶。比如玩街機的時候也是這樣。」

「我懂。結果輪到自己玩的時候，就會草草結束理應盼望很久的那一局遊戲。」

「是啊是啊。」

我們倆對彼此笑了笑，然後朝神社境內放眼望去，想找光正他們。但……

「奇怪奇怪，在社務所附近找不到心春他們耶。」

「嗯。話雖如此，在參拜的隊伍也沒看到人……去哪裡了啊？」

我們倆望著彼此的臉，不知道如何是好……基本上，既然是跟自己的兄弟姊妹來參拜，我想他們總不會擅自離開神社……

「我們在神社境內繞一下好了，千秋。」

「也對。」

說完，我們倆便邁出步伐。由於千秋似乎在跟穿不慣的草鞋搏鬥，我就放慢步調陪在她身邊並問道：

「千秋，妳還好吧？要不然，還是由我去找他們倆就好？」

「咦？這、這樣的話……我、我不要。畢、畢竟難得有機會……」

「是、是喔……」

難得有什麼機會？這我實在問不出口……只好搔搔自己的臉頰。

但千秋似乎真的行動很不方便，我依舊操心不完。於是，當她不知道是第幾次顯得腳步不穩時，儘管我猶豫了一下……還是立刻下定決心，牽了她的手。

「啊……」

千秋頓時害羞似的臉紅了——趕在這之前，我便設下防線告訴她：

「千、千秋，這是為了避免身為同行者的妳跌倒受傷才採取的一項最佳手段，我在這裡先聲明，自己並沒有要色亂來的意圖。」

「是、是的。」

「所、所以千秋，我希望，妳也能表現得自然。」

「唔……我、我會好自為之！沒錯沒錯！是的！」

千秋說是這麼說，結果臉還是變得紅通通的……不行啦，無論找什麼理由，牽手的行為就是牽手，只會讓人覺得是距離親密的行為。

……話雖如此，我無法忽視千秋步履維艱的模樣也是事實。

我嘆氣以後，千秋就有些過意不去地露出苦笑。

「對、對不起，景太。這雙草鞋，好像設計得不太穩…………啊，雖然這是心春挑的，挑錯鞋子實在不像她會犯下的失誤，真是的。」

我聽見這一點就會意了。

「不，其實那是符合心春同學作風的完美選擇，真受不了她……」

「？景太？」

當姊姊的什麼也沒能察覺。

「（我在聖誕節那一次就完全篤定了，心春同學絕對有出手，想讓我跟千秋湊在一起。而且，還動用了驚人的智略。）」

……說真的，那個女生到底是怎樣？為什麼她可以如此隨意地操控其他人？選上碧陽學園學生會長的才女認真起來未免太可怕了吧。

不過如此一來，目前心春同學和光正不見人影的情況也就相當可疑了。哎，雖然光正應該只是被拖下水。真受不了……別把我們家的正經弟弟捲進莫名其妙的計謀當中啦。

我嘆了一口氣，朝如今幾乎是依偎著我手牽手的千秋提出了某項推測。

「千秋，坦白講……我想即使現在要找那兩個人也暫時找不到喔。」

「咦，是這樣嗎？為什麼？」

「要問為什麼……」

糟糕，想說明就很難省略掉心春同學的盤算。怎、怎麼辦呢？要是至少能將「目前的處境」表達給千秋就好了……

「呃……該怎麼講呢……應該說，目前我們是處於要等時間經過才能觸發下一個劇情事件的環境……」

「啊，ＲＰＧ劇情演到被關進牢房時常有這種安排嘛。」

千秋好像明白了。太可靠了吧，對電玩觀念完全一致的人！

我又繼續說：

「所以既然這樣，我們就離開神社吧，千秋。傳個訊息給他們倆就好。」

「喔，那倒是可以……不過要去哪裡呢？提到這附近可以打發時間的地方……」

「這個嘛，要找適合我們打發時間的地點，有家庭餐廳、速食店、咖啡廳……不，與其去那些地方……」

這時候，我們倆同時有了好主意，就表情一亮，同時告訴彼此：

「「百貨公司的玩具賣場！」」

我們簡直理所當然般表示一致的意見，然後之前的緊張彷彿都成了虛假，還興高采烈地踏上通往百貨公司的路。

……沒錯。

——我們在行人眾多的街上依舊看起來甚是親密地牽著手。

天道花憐

我，天道花憐，簡直就像理所當然地目睹了「那一幕」。

「…………啊～…………哎………………嗯～……」

隔著車道，我的前男友，還有一身和服可愛得似乎連我看了都會噴鼻血的千秋同學，正手牽手和樂融融地走在對面人行道……

「……」

看著那一幕，停住腳步，從身上跟平時一樣的大衣絲毫感覺不出用心，還呆呆地望得出神的冬日單身女。

「………………不、不對不對不對。」

接著突然傻傻地笑出來，而且頭髮從元旦就毛躁得梳不齊的那個女人，就是我。

……是、是啊，到了像我這樣的境界，已經不會因為這點小事就逐一受刺激或大吼大叫了，沒有錯。我在去年那慘烈的一年中也有了成長。

「（這肯定是我們之間常鬧的那種誤會。絕對是這樣。我啊，要吃醋還太早了……）」

儘管我「呼」地吐了氣，讓自己取回冷靜……還是不由得追向他們倆。這並不是吃醋或跟蹤。對……我只是要保住思考的時間。

我留意著不闖入他們的視野，一面尾隨在後窺探狀況。

「（表情嘛……哎，似乎很開心。感覺上也不像違背本心的情境……呃，既然如此，要說這一幕……可以是什麼樣的誤會……唔……）」

我一邊思考一邊緊跟他們倆……緊跟…………再緊跟………………

「欸，解讀的空間會不會太小！」

我突然叫了出來！於是，他們倆差點就轉過來望向這邊，我連忙從大街轉進小巷再躲進建築物的死角，隨後——

「奇怪，這不是天道嗎？」

「哎呀，天道同學，新年快樂～～」

——我又彷彿「理所當然」地遇見上原同學還有亞玖璃同學這對情侶了。在鄉下地方，元旦出門活動的選擇固然較少，可是這麼容易遇到朋友也太奇怪了吧。一到過年，司掌我們人際關係的神明好像也格外奮發。

順帶一提，上原同學和亞玖璃同學都是穿和服，要說到那套打扮多有「夫妻味」，看在目前單身的我眼裡實在是……

「是。新年快樂，快樂的部分已經過去了。」

「「過去了？」」

「那麼，恕我失陪。」

陪笑的我如此問候之後，立刻又想開始跟蹤，那兩位就驚慌似的說著：「「不不不不不！」」並抓住我的肩膀……真是對麻煩的情侶（暫定）。

我用混濁的目光回頭看向他們倆。一瞬間，他們「「唔！」」地露出似乎後悔叫住我的表情，卻還是繼續說：

「喂，天、天道，妳是怎麼了啦？又出了什麼跟雨野有關的狀況嗎？」

「是、是啊，差不多……」

我臉色一沉，亞玟璃同學便幫忙打圓場。

「啊，不過妳想嘛，反正大概又是那一套吧。雨雨誤打誤撞地做了些什麼，然後就讓妳解讀失準而吃醋的那一套！肯定是那樣啦！所以妳把詳細情況跟我們說——」

「不，這次我從解讀的階段就有問題……哎，夠了！」

我開始有點排斥這對好事情侶了，乾脆讓他們看狀況比較快——如此心想的我拉著他們到了大街。緊接著，我指了指對面的人行道……雨野同學和千秋同學悠然走在一起的光景。

看見那景象，他們的反應則是……

「「啊……啊～……那樣喔…………嗯，從那樣看來……就那樣嘛……」」

陪我一起緊跟那兩人的他們一面走一面在胸前交抱雙臂，嘴裡還咕噥有聲……就這樣過了十秒。

結果——他們倆同時脫口講出了似曾相識的結論。

「「欸，解讀的空間會不會太小！」」

「對吧？」

我帶著死魚般的眼神望著前男友他們親密似的背影，無力地呵呵笑了笑。

「沒關係喔～～兩位，儘管笑我這可悲的女人。將賑鹽予敵的公平競爭精神帶到情場上，結果我這黃金小丑身為女人的實力，一下子就被千秋同學拋得老遠了，兩位情侶請盡情訕笑吧！」

「「元旦過成這樣未免太慘了！」」

他們用幾乎快哭出來的眼神望著我……別、別這樣同情我好嗎？難堪到連我都要哭了。

「「…………」」

我們三個就這樣帶著夜晚守靈般的氣氛，緊跟在雨野景太&星之守千秋後頭……大、大過年的，我究竟在做些什麼？領著一對消沉的情侶尾隨前男友，以元旦的活動來說太低端了吧。

我吐了口氣，回頭想對上原同學他們提議：這樣無謂的行為是不是該結束了——

「……咦？」

——這時候，我在他們倆後方發現了另一組熟悉的男女。

彷彿順著我的視線，上原同學和亞玖璃同學也回過頭。

於是，在我們三個望過去的方向……有表情十分尷尬的心春學妹，以及雨野光正學弟看似不爽的身影。

那兩個人過來跟我們會合了。

「……啊～～……大、大家好……」

「……唉……受不了，就會礙事……」

還有，或許該說正如所料……他們兩個頻頻用視線窺伺的果然也是雨野同學那組人。

亞玖璃同學似乎立刻就看出大概的內情，便嘆著氣為狀況做總結。

「啊～～……原來如此。看來那是你們這『弟妹組』玩的把戲。」

光正學弟臉色一板，對她這樣的概括方式起了反應。

「請等一下。亞玖璃大姊，就算妳在我哥哥的朋友中可敬程度僅次於千秋學姊，我對妳這樣的分組方式還是難以容忍。請不要把我跟這位痴女學姊放進同一個框架。」

光正學弟淡然依舊地吐出辛辣言詞，心春學妹就回嘴了。

「那是我要說的台詞！我跟光正兩個人只是因為稍微有共識，才會像現在這樣……」

「你們不就是多事想讓各自的哥哥和姊姊湊一對嗎？就這麼回事吧。」

「「…………」」

亞玖璃同學把話講明，使得他們倆別過臉沉默下來……正因為這兩人都屬於腦袋靈光那一型……面對亞玖璃同學這種直覺型的人似乎意外地弱。應該說他們倆想了又想才導出的結論，亞玖璃同學不必理論就想通了。

接著，上原同學就向完全停下來的我們催促了一句：

「啊～～不管怎樣，再這樣下去就要跟丟他們嘍。」

「「…………」」

被他提醒以後……總之，我們五個便成群結隊地走了起來。

……怎麼會有這麼大陣仗的跟蹤行為啊？說真的，我們幾個從元旦就在做些什麼？

「這什麼情況」的感覺瀰漫在我們五個人之間。光正學弟就略顯屈服地夾雜著嘆息對我們說明：

「可以不用那麼拚命緊跟啦。大哥和大嫂他們……哎呀，是我失禮；我哥和將來的老婆……哎呀，我又失禮了；因為我曉得我哥和千秋學姊正要去百貨公司的玩具賣場。」

「「（對、對自己支持的配對強推成這樣超煩的！）」」

我、上原同學和亞玖璃同學三人都覺得吃不消。於是，心春學妹帶著苦笑向我們補充：

「老實說呢，接下來似乎沒辦法期待有什麼進展了。以今天來看，他們像那樣手牽手就算最高潮了吧。」

「哎，應該也是。畢竟他們是雨雨和小星兒啊～」

亞玖璃同學坦然接受心春學妹的見解……像這樣一看，真的可以了解她並沒有興趣把雨野同學當成男性，可是……

「（不、不知道為什麼耶，換個角度……看起來也像正宮的餘裕！）」

我、我明白的喔，我也知道他們倆之間根本沒有任何一絲歪念頭！可是，該怎麼說呢……在我心裡似乎莫名其妙地繞了一圈，覺得：「那種態度，反而更崇高耶！」哎，一旦起疑就像陷入了泥沼。就是這麼回事吧。對、對啦，我明白。我也有自覺喔！但明白了還是難以自拔，所以才叫泥沼嘛！

於是，當我獨自在心裡拚命朝某處提出主張時，心春學妹又繼續說：

「呃，所以說……各位是不是可以解散了呢？我跟光正之後還要過去會合，才會像這樣以家人的立場跟在他們後面……」

這樣的意見再有道理不過了。上原同學和亞玖璃同學這對情侶其實就已經流露出「那倒也對」的氣氛。

可是……我……

「……對不起，光正學弟、心春學妹。我很清楚這不是值得稱許的行為……即使如此，能不能讓我也多觀察一下那兩個人的情況？求你們了。」

我低頭行禮。一瞬間，他們倆不解似的眨了眨眼，然後就各自以不同的道理規勸我。

「這真的不是什麼值得稱許的事耶。雖然我跟痴女也半斤八兩，但妳做的行為確實就是不折不扣的偷窺了。這種興趣太惡質嘍，陰險的跟蹤狂學姊。」

「欸，光正！啊～～……雖然這傢伙講話的方式滿那個的，不過天道學姊，其實我也想不出妳再繼續看著那兩個人能有什麼好處。無論事情怎麼演變，說起來好像都只能看到讓學姊受傷的未來……」

他們倆說的都合理無比，正常來想根本毫無反駁的餘地。

可是……即使如此，我還是不想退讓。

「的確，看了那兩個人要好的模樣，對我也沒有好處，這我明白。可是……」

我眼裡盈現堅強的意志，望著他們倆。

「我現在……就是不想逃避那兩個人真正的心意。」

「「…………」」

聽了我說的話，他們倆不發一語……隨後……光正學弟居然先退讓了。他做出有點像雨野同學的舉動，用手猛搔後腦杓。

「……原來如此。這件事不壞……表示妳下了決心，只要確定他們兩個之間有愛，就願意乖乖退出。這樣解讀對嗎？」

「……是的。」

「這樣的話，對我大哥和千秋學姊來說……嗯，並不是壞事。」

光正學弟如此點了頭，然後瞥向心春學妹。

至於心春學妹……不知道為什麼，她正用十分感傷的眼神看著我。

「……受不了…………居然這麼簡單就講好要退出…………做這種約定，之後妳很快就會後悔的……後果我都知道……」

「？心春學妹？」

「……哎～～真是！好好好！我明白了！倒不如說，我沒有權利否定那樣的決心！真是夠了！以『好女人』自居就會這樣……！」

心春學妹顯露出謎樣的焦躁，卻還是答應讓我同行。

我又對他們行了禮，然後回頭看向上原同學那對情侶。

「事情變成這樣……兩位打算如何呢？」

「「嗯～～……」」

他們倆看似為難地望了彼此的臉片刻，不過在下個瞬間似乎就馬上有了結論，還一塊婉拒與我們同行。

「呃，我想我們就免了。別干涉死黨的感情事，我們倆今天還是趁著過年去參拜吧。」

「對呀！再說雨雨接下來會有的行動，人家差不多都能猜到了。既然這樣，今天人家想跟祐在新年悠哉地參拜。」

亞玖璃同學說著便摟住上原同學的手臂。相對地，上原同學裝得完全不受動搖，臉上卻還是多了一絲紅潤。

這對情侶（暫定）實在讓人羨慕，我對他們微笑說：「這樣啊。」然後才好好地做了新年的問候。

「兩位，恭賀新喜。祝你們佳節愉快。」

「噢，也祝妳有個好年。」「人家也祝妳新年好！」

他們倆如此對我說完，接著跟心春學妹和光正學弟簡單問候過便離開了。

我們三個目送他們以後，就說了聲「走吧」重新動身。

於是——

「那麼，我們也出發吧。為了決定一切的命運——到玩具賣場！偷窺他們！從元旦就不學乖！」

「「多麼讓人提不起勁的台詞！」」

我陪同興致低落的「弟妹組」，一起跟到雨野同學和千秋同學後頭。

星之守千秋

目前，我正在度過人生至今最幸福的一刻。

「…………」

我緩緩走在從神社到百貨公司的路上，仰望用力牽著我走路的男性——景太的臉龐。

害羞得有些紅潤的臉頰；緊張得略顯緊繃的表情；冒汗的手掌。然而又不希望讓我操心，就不時轉過來的笨拙笑容。

「…………」

那一切都好令人憐愛，好幸福，心裡暖洋洋的……我忍不住就貼他的手臂貼得太緊了。

「！」

而景太緊張地對我繃緊身體，但最後「要扶好才行！」的理性似乎還是獲勝了，就更加用力地走在前頭，連我這樣的任性都願意包容。

對我來說，那已經……已經欣慰得令人承受不住，感覺一放鬆連眼淚都要流出來了。

「（……什麼叫「景太跟我是朋友」嘛。想想……真的會笑出來呢。）」

我回顧自己過去的發言，忍不住露出苦笑。將這樣的感情收藏在心裡……虧我以前還能表現得像是「已經接受被甩的事實」一樣。

「？……千秋？」

景太看我一個人在苦笑，就不解似的偏過頭。儘管我還是嘻嘻笑著，不過讓他困擾並非我的本意，因此我說了別的理由。

「沒有，我是在想，自己花了這麼多力氣盛裝打扮……結果新年只參拜了一下就要去百貨公司的玩具賣場，總覺得滿好笑的。」

「唔……抱、抱歉，還是我們要找別的方式打發時間？」

「不不不，完全不用！我反而很期待，好久沒有跟你一起逛電玩了！」

「好久？啊～～……我們倆一起逛電玩軟體的機會確實意外地稀少吧。」

「是的是的！」

我帶著笑容點頭如搗蒜地附和。實際上，期待和他逛玩具賣場的想法並沒有任何一絲虛假，只不過……我在目前的時間點就已經幸福到極點了。

以依偎著景太的形式從神社走了五分鐘，我們抵達目的地百貨公司，連樓層介紹都不看就直接搭電扶梯……身為電玩咖，對附近的電玩賣場位置就是會瞭若指掌……哎，被問到女性服飾賣場在哪裡，我就非得看地圖了！

搭上電扶梯，朝電玩賣場所在的五樓前進。電扶梯寬度可以供兩人並肩站著，但我判斷應該要握扶手才對，就放開景太的手排到他的後面。

於是，景太擔心似的從上一階回頭望向我的腳邊，然後就看著我的後面「咦？」地歪過頭。

「……剛才有一瞬間，我好像看見光正和心春同學在一樓……」

「咦？」

我訝異地回頭，卻無法親眼看見他們倆的身影。由於又有其他人搭上電扶梯，我便把頭轉回前面。

「真的有嗎？」

「嗯～～……不確定。他們從視野的角落經過以後就立刻消失了……」

「怎麼講得像蟑螂一樣。」

「呃，真的。應該說，那樣的身手實在很厲害。『基本規格高的人出了全力要躲』似乎就會是那樣的身手。」

「你在說什麼啊？我想心春他們也不至於鬧成那樣。」

「嗯～～……也對喔。從元旦就跑來跟蹤落單二人組，活在正常觀念中的人才不可能做出這種無謂的舉動嘛。」

「沒錯沒錯。世界上不可能有那麼令人遺憾的人。景太，你真是的……」

「抱歉抱歉。最近我好像自我意識過剩了，我會反省啦。」

景太說著就把頭轉回前面。我對於從之前就在背後微微感覺到的不安分視線，也做出純屬心理作用的結論。

我們繼續搭上電扶梯，抵達玩具賣場所在的五樓。於是……

「來，千秋。」

「啊……」

在走下電扶梯的不遠處，景太粗裡粗氣地朝我伸出手。看來他在這之後仍會牽著我。

儘管我滿懷無法言喻的心情，還是牽了他的手。

就這樣，當我們帶著有些害臊的調調邁步之後，景太為了改變這種古怪的氣氛，便開口與我閒聊。

「不、不愧是元旦，玩具賣場有好多小朋友耶。」

「就、就是啊就是啊。像平日的放學後，明明都空蕩得讓人擔心耶。」

「對嘛。像我頂多也只有找缺貨遊戲的時候會來這裡……啊，等等。」

「？怎麼了，景太？」

突然間，景太莫名其妙地用怨恨的眼神朝我望過來。

當我一頭霧水時，景太就繼續說：

「水晶搖籃3……」

「？咦？去年發售的那款名作遊戲怎麼了嗎……」

話說到這裡，搭配周圍景物，有段模糊的記憶也在我心裡復甦……沒錯，我記得，之前就是在這裡……

景太像在跟我對答案似的，語帶嘆息地嘀咕：

「千秋……去年在這裡，《水晶搖籃3》的遊戲只剩一套，就是被妳先買走的……」

「啊～～…………是、是有那麼一回事。」

臉上冒出汗珠的我悄悄轉開目光。沒錯……那是我跟景太仍視彼此為「天敵」針鋒相對時的事。當時《水晶搖籃3》缺貨，我在這個賣場買到最後一套，好像還對著景太炫耀……

景太看我尷尬地轉開目光，就嘻嘻笑了出來。

「總覺得，去年我跟妳真的發生過好多事情耶，千秋。」

「對、對呀……基本上，我們是從去年春天過後才認識的嘛。」

「就是啊，差不多就在我拒絕天道同學的邀請後……」

「…………」

看到景太自然而然就把「天道花憐」這個人當成思考事情的基準，讓我心頭一緊。但是……我已經不會特別為這樣的事情氣餒，反而還不服輸地開口將他的心思拉過來。

「不、不過不過，我在更早更早的時候，就開始用〈NOBE〉還有〈MONO〉的身分跟〈阿山〉與〈小土〉有交流了啊！沒錯！」

「咦？嗯，對、對啊，確實是這樣。從這個角度來看，在電玩同好會這邊，也許我跟妳的交情是最久的。」

「沒、沒錯沒錯沒錯沒錯沒錯！」

我今天點頭的次數比較多！景太稍微被我激動的態度嚇到了，卻還是把話題帶回去。

「這麼說來，當時那個人……對，印象中宮本先生也在場。」

「？你說……宮本先生？」

「嗯。記得他是叫宮本聰吧。妳想嘛，就是那個跟我在一起……讓人在各方面都印象深刻的帥氣大叔……」

「啊～～……」

對了，當時好像有個莫名有魄力的人也在場。而且我隱約記得自己就是被那個人的魄力嚇得當場跑掉了……

景太懷念似的繼續說：

「結果，我那一天沒有買到晶籃３……應該說，最後東西就讓給那個人了。」

「咦，是這樣喔？總覺得……我應該向你道歉。」

「不會不會，後來我馬上就買到了，完全不要緊。再說把東西讓給宮本先生，也是我個人的問題。不說這些了，千秋，晶籃３真的是名作耶！」

「對呀對呀！我當時也稍微提過，那真是款好遊戲！對了對了，景太，你曉得嗎！晶籃３好像快釋出大型ＤＬＣ了喔！據說會新增職業！」

「咦，真的嗎！唔哇～～好期待喔！謝謝妳告訴我這個消息！」

「不會不會。啊，ＤＬＣ出了以後，我們要不要嘗試在線上同遊？」

「噢噢！那樣不錯耶！務必要試試看，千——不對，〈ＭＯＮＯ〉！」

「……！是啊，〈小土〉！」

我們倆和樂融融地走向電玩專櫃。這時候，我又從背後感受到有如「怨念」的氣息而迅速回頭——

「？千秋，怎麼了嗎？」

「啊，沒事……剛才，好像有什麼東西從視野的角落經過……」

「怎麼說得像蟑螂一樣……」

「不，這次的與其說是蟑螂，看起來比較像某種金黃色物體靈敏迅速地消失了……」

「什麼東西啊，感覺似乎帶著很多經驗值或黃金。千秋，妳遊戲玩太多了啦。」

「……也對。啊，說著說著就到電玩賣場了呢，景太！」

「啊，真的耶。好，立刻來物色吧，千秋！」

「好的好的！」

於是，我們重新開始在電玩專櫃物色遊戲。

天道花憐

「唔唔……唔唔唔唔唔…………！」

「「早跟妳說過了嘛。」」

從貨架縫隙用女鬼面容瞪著要好情侶的怨靈……就是我，天道花憐，正被弟妹組的兩人帶著傻眼臉色看待。

心春學妹無奈地聳聳肩，又繼續說：

「所以我不是忠告過了嗎？天道學姊，即使妳繼續看著他們倆也絕對不會有意思的。」

「…………哎、哎呀～～真是的，妳在說什麼呢，心春學妹？我是在自由練書法之際必定會寫『自制』兩字的女人，天道花憐喔。事到如今，我才不會被這點小事傷害……」

「欸，妳猛咬自己的肩背包皮帶，還用充血的眼睛瞪著學長他們講這種話，根本沒有說服力啦。」

「妳放心，心春學妹。這種皮帶用的是天然素材，更事先以殺菌面紙擦拭過，咬起來既安心又安全。」

「欸，妳可以冷靜地顧慮這麼多，反而格外恐怖耶。」

心春學妹無奈地對我吐槽。在她背後，光正學弟也發出嘆息。

「呃，雖然我允許妳和我們一塊走，要跟蹤就認真點好嗎？這可不是在玩。」

光正學弟語氣認真地道出古怪的斥責。我用一句「這我明白」做回應。

「所以我才像這樣每當快要被發現時，就華麗地使出『翻滾閃躲』避開他們倆的視線範

圍啊，不是嗎？」

「我第一次見識到有人在電玩以外做那種閃躲動作，滿不敢領教的。」

「請你放心。這同樣有考慮到衛生層面，我用的是離地三寸的『空中翻滾閃躲』，何況當中也有無敵時間喔。」

「那已經不是人類能辦到的技倆了嘛。硬派玩家太可怕了。還有問題根本不在那裡，我是指妳發出的氣場本身就會讓他們倆轉過頭來啦。」

「呵，光正學弟，別小看天道花憐。如果你想講的是『絕』，我早就使出來了。」

「為什麼妳連漫畫裡的招式都能理所當然地用出來啊？不，我想談的不是那種層次的事情，拜託妳別在那兩個人每次顯得恩愛時就發出黑化的嫉妒氣場啦。即使是不懂念能力的普通人也一樣會回頭看我們這邊。」

「嗯。我果真厲害，你說對不對呢？」

「妳可以回家了啦！」

光正學弟莫名發飆了……照我看，雨野兄弟都有很容易暴怒的雷點呢。

當我跟光正學弟互瞪時，心春學妹就說著「好了啦好了啦」幫忙緩頰：

「總之來觀察姊姊他們的狀況吧。天道學姊，希望妳在觀察之際能克制一下醋意，還有光正也別計較太多。實際上我們又沒有被發現。」

「「…………了解。」」

我們不情願地回應她的話。心春學妹則是獨自大嘆：

「為什麼我會站在有常識的立場啊……這群人當中太多怪咖了啦……」

雖然我不太清楚情形，但她最近似乎瀰漫著一股強烈的苦命人氣息呢。

無論如何，我們三個換了心情，重新窺伺起雨野同學他們的狀況。

在百貨公司五樓，我們正從與玩具賣場相鄰的童裝賣場一角窺伺雨野同學他們的狀況。

雙方還算有段距離。

正常來講，實在不可能聽見那兩個人對話的內容。但我們現在……

「啊，景太景太，你看這個是不是很讓人懷念？」

「嗯？……啊啊！這不是去年秋天混在眾多大作中推出的ＲＰＧ佳作嗎！」

如此清楚地聽見了他們倆的聲音……當然，靠的並非念能力之類。

播放出兩人說話聲的媒體，其實是……

「嗯，看來程式運作的狀況不錯。」

……來自光正學弟手裡拿著的智慧型手機。

「「…………」」

……我跟心春學妹悄悄地交會視線。

……嗯……也對。是的，我明白。既然狀況變得穩定一點了……差不多也該來句吐槽了吧，沒錯。

我跟心春學妹用眼神示意以後，就戰戰兢兢地對光正學弟開口：

「啊～……我說，光正學弟？我一直很在意就是了，呃，能清楚聽見雨野同學他們說話聲的那玩意兒，該不會……是竊聽程──」

「這是用來惡作劇的程式。」

光正學弟咧嘴一笑打斷我的話……好恐怖。

「呃，可是，那看起來明顯就是用雨野同學的手機代替竊聽器，把說話聲傳到我們這裡，感覺已經有些違法──」

「這是兄弟間用程式玩的惡作劇。只是哥哥那邊不曉得有人在聽而已。」

「……不對，所以那不就是竊──」

「惡作劇罷了。」

「「…………」」

我和心春學妹只能沉默不語。當我們倆都對離譜過頭的國中男生嚇得瑟瑟發抖時，光正學弟就在嘆氣後替自己打圓場。

「哎，其實呢，我平時也不至於做到這種地步。像這個程式，真的就是一般的通話用軟體，我們在這陣子試著安裝的，有親戚的小孩推薦我們用。」

「那為什麼現在會……」

「完全是哥哥那邊按錯了。剛才他傳了通話的要求過來，八成是誤觸。然後，我只是按了接受而已。順帶一提，他那邊似乎把通話音量調成最大，結果就奇蹟似的變得像竊聽器一樣了。」

「「原來如此……」」

我感到釋懷。照這樣聽來，光正學弟也沒有那麼不正常——

「……所以說，光正，你明知如此，也沒有把通話切掉嘍？而且，你還細心地將程式設定成不會把我們這邊的聲音洩露出去……」

「…………」

「「………………」」

……光正學弟朝我們微微一笑。我們迅速轉開目光。

我跟心春學妹狂冒汗，偷看雨野同學和千秋同學的狀況。

「……是的是的！哎呀，跟前作主角會合那一段實在好棒！」

「就是啊！ＲＰＧ要是扯到前作的劇情，很多作品都沒辦法把故事說好，而這款續作跟前作主角的故事接上線時，氣氛就炒得很熱——」

從光正學弟的智慧型手機傳出兩人聽似愉快的互動。而他……把手機朝我們湊近，還用惡魔般的嗓音問道：

「那麼，我可以切掉了嗎？可以吧？要切了喔。預備～～……」

「「不不不，也不用那麼急著切。畢竟這間百貨公司有提供Ｗｉ－Ｆｉ！」」

「就是說嘛～～」

微笑如惡魔的國中生，還有從罪惡感轉開目光的高一、高二女生……這個元旦是怎樣？

總之，我們仍舊從童裝賣場的一角窺探著那兩個人的狀況。幸好這個專櫃幾乎沒有顧客的蹤影，我們的存在似乎也沒有對別人造成困擾。

至於雨野同學和千秋同學他們則是一起逛遊戲軟體專櫃，還打從心裡享受著百貨公司在遊戲挑選及陳列上才有的那種「馬虎」……身為一介電玩咖，我倒不是無法理解他們的心情。正因為這裡不是內行的電玩店或專挑大作進貨的家電量販店，所以會有「好久沒看見這套遊戲！」的深奧滋味，在百貨公司的遊戲賣場就能體會到！

因此呢，我個人聽他們倆對話是覺得滿有意思的，然而對電玩不太感興趣的弟妹組似乎就不是這樣了。

心春學妹表現出對竊聽的對話內容有些厭倦，一邊對我開口：

「天道學姊，話說妳剛才是不是有做出奇怪的反應？呃，我記得……那是在學長和姊姊談到『宮本』先生的時候。」

「咦？啊……那個嗎？」

對喔。後來千秋同學朝這裡回頭，我在一陣忙亂間就忘記了……當時，我發現了一項滿令人衝擊的事實。

我一邊苦笑一邊告訴心春同學：

「呃……說起來有些複雜，簡而言之，剛才出現在他們對話中的『宮本聰』……那大概就是家父。」

「「咦？」」

弟妹組做出一愣一愣的反應。看他們露出這種表情還真難得，儘管我心裡對此莫名高興，還是繼續說明：

「當時我也覺得奇怪呢。家父對電玩一竅不通，居然還買得到缺貨的遊戲軟體。」

光正學弟回應我說的話：

「啊……我哥有提過。他把遊戲讓給那個人了。」

「是的。」

我忍不住捧著暖洋洋的心頭，獨自露出微笑。

「……沒錯……原來那款遊戲……是雨野同學讓給我的呢……」

「「…………」」

他們倆覺得不可思議似的望向彼此的臉。心春學妹有些疑惑地將事情總結。

「咦，難道說，雨野學長跟那位姓宮本的先生……也就是妳父親在不知不覺中認識，還把遊戲讓給他，然後東西就到了學姊手上？而且你們雙方到今天為止什麼都不知情？」

「是的。簡潔來說，我想事情就是這樣。」

「這樣的話，感覺實在太有緣分了，簡直不輸我姊……」

話說到一半，心春學妹就警覺似的噤聲……她恐怕是在替姊姊著想吧。

我露出微笑好讓她放心。

「確實很有緣分，對我來說也是十分高興的一件事。但妳別誤會了，心春學妹。對我，或者對千秋同學的戀愛來說……有沒有緣分，關係已經不算多大了。」

「關係……不大？」

「對呀。不就是這樣嗎？我和千秋同學……或許是出於緣分或烏龍才得到了契機。然而事到如今，我們單純就是對雨野景太這個人喜歡得無法自拔。就算或多或少會因為緣分的相連而有喜有憂，當中也沒有更深的意義了。其他環節……才是更重要的。」

「……天道學姊，妳……」

心春學妹瞇起眼睛，彷彿看了什麼耀眼的東西。

不知道為什麼，光正學弟就看似很不是滋味地哼了一聲。

「……哼……既然要當反派，把反派扮演好不就行了……」

「？光正學弟？」

「沒事。我是在說，妳真的很礙眼……前女友學姊。」

「為什麼你對我的好感度突然下降了！」

嗚嗚，被雨野同學的弟弟討厭還滿致命的吧…………我得加油才行。

「（奇怪？可是，這個男生之前好像把我當成「冒牌女友」，然而他剛才卻說了「前女友」……）」

當我思考這些的時候，雨野同學他們交談的語氣突然有了轉變。

「……對了，千秋，我有事情……呃，非得跟妳好好說清楚才行。雖然是在這樣的地方，我可以講一下嗎？」

「！好……好、好的……」

連隔著手機喇叭都能感受到千秋同學傳過來的緊張與覺悟。

「「…………」」

我們三個也都挺直背脊。

連他們倆接下來的關鍵互動也要偷聽，都不會有罪惡感嗎？儘管心裡這麼想——

即使如此，為了說什麼也不能退讓的事物，我們還是做出覺悟，對那兩個人的對話豎起了耳朵。

星之守千秋

噢，到此為止了嗎？

當景太鄭重地開口找我講話時，我冒出了這樣的念頭。

我把手裡的遊戲包裝盒放回架上，從蹲下的姿勢緩緩起身，跟景太面對面。開始在電玩專櫃物色以後，我為了拿商品就放開了他的手，即使如此，對我來說那依舊是一段幸福的時光。

不過，像這樣看見眼神認真的他，哎，那種幸福也要結束了呢——如此心想的我便感到落寞。

「（……肯定……是要講聖誕節的事吧……）」

對我來說，在各方面都難以忘懷的日子。原本以為絕對得不到回報的心意照進了一絲光芒的日子。

從那天到今天，我心裡始終點著一盞微暖的亮光。

……雖然我明白那其實是相當「殘忍」的一盞光，卻還是覺得……很幸福。

不過，那樣的「假象」肯定就要結束了。

儘管那相當令人落寞，但是我……不，我和花憐同學都已經決定……

「……所以，你想談什麼，景太？」

……唯獨對他的心意，我們絕不會逃避。

我明確地回望他的眼睛反問回去，然後景太就搔了搔臉……彷彿重新拿定主意，才總算對我提出那個話題。

「其實……我是希望成為『豪傑』。」

「…………咦？」

肩膀放鬆以後，我發出感到糊塗的聲音。忽然間，從背後……童裝賣場的方向好像也傳出了類似的聲音，但回頭望去並沒有任何人……我們今天是被什麼東西附身了嗎？

景太沒理會疑惑的我，又開始在電玩軟體專櫃翻找，不久之後就表示「找到了！」……

還拿起一款ＲＰＧ名作重製版的包裝盒，並且秀給我看。

「妳看這個！這款國民級ＲＰＧ的第三部作品！如果是玩重製版，開頭就會有一段『性格測驗』，妳記不記得？」

被他這麼一問，我便回溯自己的記憶。

「啊～～……是啊是啊。記得在開頭會用簡單的問題搭配劇情事件，根據玩家的回答來設定身為主角的『勇者』開局時是什麼性格吧。」

「沒錯沒錯！然後，那個『性格』會影響到『勇者』的能力參數。比如測出『頭腦靈光』，就會讓聰明度上升。」

「有有有，我想起來了。那樣的設計不錯呢…………呃，不過，那怎麼了嗎？」

那套系統確實有意思……但現在談的究竟是什麼？

我歪過頭以後，景太仍繼續聊遊戲裡的事情。

「然後，這段測驗還挺嚴格的，不同的個性測出來『落差』就滿大的喔。」

「……是喔。雖然我沒有記得很清楚……不過確實是那樣。印象中有的性格會給許多正面加成，也會測出有一堆負面加成的性格。」

「就是這樣！所以說呢，光從玩遊戲的好處跟壞處來思考，這段『性格測驗』要看過攻略資料，再精挑細選主角的性格比較好。」

「是喔。」

我實在聽不出他想談什麼。

景太懷念似的看著包裝盒背面，繼續說下去：

「然後呢，其實光看能力參數的加成來選，我中意的就是『豪傑』。雖然聰明度會下降，但力量可以大幅提升，是這樣的性格。」

「以勇者來說是正統路線的能力耶。我也喜歡靠力量蠻幹的角色。」

「對吧？我覺得當『豪傑』絕對比較好……」

景太一邊說一邊把包裝盒放回架上。隨後，他又說「可是……」把話接下去。

「我啊，要是用正常方式玩……都按照心裡的想法，完全不管攻略就接受性格測驗的話，測出來的結果絕對都是『老實人』……」

「我記得……那是不好也不壞的普通性格吧？」

「嗯。加成的效果非常樸素，正負面都一樣，所以說起來也不算落空。」

多、多麼符合景太風格的測驗結果！那套性格測驗其實是相當優秀的吧？

當我嘻嘻笑出來以後，景太也露出苦笑……並且繼續說：

「不過……那時候，我猶豫了一陣子，結果就用『老實人』而不是『豪傑』開局了。」

「咦？不用『豪傑』來玩也可以嗎？」

「嗯，還好啦。我不覺得對性格精挑細選算是『作弊』；換成其他情況，我也會挑輕鬆的方式玩。只是……當時不由得就那樣開局了。」

「……是嗎？」

雖然我不太懂話題會朝哪個方向走，但景太的這套觀念非常合他的風格。總覺得……有種暖心的感覺。

不過，彷彿目的就是要讓我鬆懈，景太突然提出正題。

「然後……千秋，我想談關於聖誕夜的事情。」

「！」

我不禁屏息。

景太看似尷尬地低下頭。

其實……關於那一天的事情，我已經大致曉得他接下來會說什麼話了。

「（…………你會說那是誤解，對不對？）」

既認真又誠實的他專情於花憐同學。他在那天上了心春的當，為此要向我賠罪和更正，這才是今天一起出來玩的目的吧……因為雨野景太的為人正是如此。

我……把手湊在胸口，做了一次深呼吸，然後回應他：

「好的，你想談什麼呢？」

「呃……那個，雖然我非常過意不去……可是……千秋，關於當時那些話——」

「………嗯。」

我要仰望天花板似的抬起頭，並且閉上眼睛……以免讓眼淚流出來，以免對他的心造成負擔。

於是，我等待命中註定的那一刻。

而景太……就用明確的語氣，對著我把話說了出來。

「那些都是我，雨野景太，千真萬確的真心話。希望妳再怎麼對我有誤會，也不要認為那是因為我中了心春同學的計才脫口的違心之言。」

「————咦？」

這段話太過令人震撼，讓我忍不住把視線從天花板轉回來。

接著……儘管他有些臉紅，還是誠懇地望向我這邊。

他繼續告訴我：

「所以……千秋，我真的覺得很抱歉。」

「……咦？呃……你想道歉的，是什麼事？」

「因為像我這樣子，應該很惡劣吧？對跟自己告白過的女生說：『其實我也不是對妳沒意思。』根本就是爛人嘛。」

「咦？沒有……我倒不這麼……覺得……」

的確，好比我在這個星期曾感受到些微希望，讓我期待那一絲明光的行為也有其殘忍之處。我想景太應該就是在介意這一點……其實，他並不曉得從中我也得到了同等或者比那更多的幸福。

然而……即使如此，他還是痛苦似的繼續說：

「可是……儘管我很清楚做出這樣的結論太差勁了，對任何人都不好，就算這樣……就算這樣，對於那一天，對於當時表露的心情——縱使我再怎麼差勁，還是覺得不應該當成『沒有這回事』，就往前走自己的路。」

「……景太……」

「所以說，千秋，我要再次明確地告訴妳。」

景太說到這裡就挺直了平時駝背的背脊。

……完全沒有顯露出任何類似害羞的情緒，他實實在在地……道出了那句話。

「千秋，目前的我，不只把妳當成朋友，還把妳當成一名女性放在心上。」

「……好的。」

不可思議的是……這次我也沒有害羞得不知所措，只是溫柔地微笑，並且接納。他所說的話確實很讓我開心，可是……正因為我熟悉他的為人，所以也就大概曉得接下來的台詞會是什麼了。

景太此時顯得有些猶豫……即使如此，他仍用堅定的意志繼續告訴我：

「可是，不管怎麼樣——更重要的一點在於，我還是喜歡天道同學。」

「……是的。」

隨後……他難過得像是隨時都要哭出來地皺著臉，即使如此，他仍舊擠出了……殘忍的那句話。

「…………我喜歡她…………更甚於妳。」

「……是的。」

然而，我卻帶著笑容予以接納。

——去比較自己重視的人具有的價值，進而分出優劣。

如此行為，究竟有多折磨一個人的心？比誰都溫柔的他在這個星期之間會有多自責、多受傷？想到這一點……連我都快要哭了。

然而，那並不是我現在該扮演的角色。因為我現在……不，無論任何時候，我該對他說出口的，都只有一句話。

所以……我跟他一樣，明知說出那句話對誰都不會有好處，即使如此……我也跟著道出自己無法當成「沒有這回事」的強烈心意。

「景太……我現在，也還是很喜歡你。」

「……嗯。」

「……我不想……輸給花憐同學。我還不想……放棄。」

「…………嗯。」

我們倆就這樣沉默了一陣。

「「…………」」

……其實，我們兩個都希望能立刻將這場名為戀愛的殘忍遊戲完全拋開並逃走……像這樣只能一邊傷害參加者一邊前進的遊戲，已經稱不上娛樂了。

可是……即使如此——

身為「電玩咖」，我們倆……豁盡了全力，對彼此笑了一笑。

「景太，接下來，我會拚命發動攻勢喔。這場比賽，還沒有結束。」

「不，我很快就會讓這場比賽結束。我會再次跟天道同學交往給妳看。」

「不不不，在那之前，我會先跑過終點線給你看，景太。」

「才不會那樣。我要先跟她復合。」

「那麼……結果，我們在今年也還是天敵兼對手呢。」

「嗯……我們是天敵，兼對手。」

我們說完，就在最後帶著笑容彼此握了手。

……我們的新年，好像直到現在才真正開始了。

天道花憐

「「…………」」

我們三個看著雨野同學和千秋同學握手，都說不出話了。

光正學弟沉默不語，還羞恥似的切掉手機程式的通訊；心春學妹則是望著姊姊和雨野同學，簡直把他們當成了遙遠的存在。

接著，至於我……

「………嗯，也對……」

受兩人互動影響的我下了決心，也不向光正學弟和心春學妹徵求許可，就悄悄向前……朝雨野同學他們走了過去。

「「咦？」」

弟妹組兩人猝不及防地無法動彈。我不加理會並且大步往前，來到握完手的兩人身邊，帶著笑容向他們搭話。

「雨野同學，千秋同學。」

「「咦……？」」

他們倆頓時像是嚇了一跳，轉向我這邊。面對事發突然而慌亂的他們，我微微笑了笑。

「兩位，恭賀新喜。」

「「恭、恭賀新喜……」」

他們倆遲疑歸遲疑，還是拘謹地向我問候回禮。我對他們那樣的「風格」嘻嘻發笑，立刻講了下一句。

「會在這裡遇見還真巧……雖然我想這麼說，但是很抱歉。其實，我從稍早之前就一直跟在你們後面。」

「「咦？」」

「真的很抱歉。」

我彎腰鞠躬向他們賠罪……其實連涉及竊聽的行為也要賠罪才對，但說出來的話會連累光正學弟和心春學妹。單就跟蹤這件事……我仍真心誠意地向他們倆致上歉意。

他們倆不解地朝彼此的臉看了一眼……然後就冒出噗哧笑出來的意外反應。

「咦，事到如今怎麼還這麼說？我們之間早就不用為這種事情道歉了嘛，天道同學……妳說對不對，千秋？」

「是啊是啊。妳以為我們到目前為止，已經目睹過多少彼此的尷尬場面了？尤其這一次，我們只是在公共場合正常聊天，要說的話，理虧的是我們！我們對花憐同學才不可能有怨言！」

「兩位……」

他們倆溫柔依舊，讓我差點忍不住掬淚。

然而，我硬是忍住這股情緒，然後改用爽朗的笑容回應。

「……謝謝你們嘍。」

「「不會不會。」」

於是，在賠罪差不多告一段落後，我重新提出「正題」。

「那麼，那碼歸那碼……我還有一件事情想跟你們提議，就過來搭話了。」

「「？想跟我們提議？」」

「是的。」

雨野同學和千秋同學不解似的偏頭。

我一度閉上眼睛，重新下定決心。

隨後，我毅然睜開眼睛，並且告訴他們：

「我們要不要定個期限？」

「「期限？」」

他們倆歪過頭，我則表示「是的」並且繼續說：

「沒錯，定期限。我和千秋同學……不，還有雨野同學也是。目前感覺所有人在戀愛這方面都變得有點像迷路的小孩。以電玩來說，就是不曉得推動劇情的下個目標地點在哪裡，只能茫然地一直練功的狀況。」

「「啊～～……」」

我的比喻讓他們顯得深感認同……呃，可以用電玩的比喻來溝通還真是方便呢。

我又繼續說下去：

「哎，雖然我本來就是甩掉雨野同學的元凶，不過這種混亂的競爭狀態，也算是我希望的健全狀態……啊，話題稍微岔開了呢。無論如何，我覺得照這樣下去就算能練功，『主線』也無法有進度。」

「「……的確。」」

「話雖如此，我的提議也不是要所有人急著現在馬上就做出結論，那樣會適得其反。呃……你們想嘛，像我之前拒絕了雨野同學想再一次交往的請求，當時的一念之差就害我……………………哎，真是的，我怎麼會拒絕了呢……………啊啊，真是……！當時答應交往的話，我現在就跟雨野同學……！」

「「天、天道同學？」」

「！對、對不起，我失態了。咳。呃，我重新做個說明。當時我會拒絕交往，真正的用意以一句話來說，是因為我覺得『比賽才進行到一半』。明明賽程要繞三圈才能決定第一名，然而雨野同學給我的印象卻是急著用第一圈的名次定勝負……」

「「原、原來如此……」」

這兩個人平時對他人的心思有些遲鈍，用電玩來比喻就茅塞頓開了耶。說來是值得慶幸，但他們這樣好嗎……

我清了清嗓，重啟話題。

「但是，不找個時候分勝負會沒完沒了，這也是事實。所以……請容我在元旦提議，為

這段情場追逐定個期限。」

「「噢噢～～……不愧是電玩社社長……真可靠……」」

他們倆終於一臉佩服地開始鼓掌……雖然我看不見，但是從背後可以感覺到光正學弟他們拋來了「凡事都要套入電玩思考的這群人是怎樣……」的傻眼視線……我不在意。

我深深吸了口氣，接著就大方地挺胸，向他們倆宣言：

「這場競爭——要在兩個半月後的三月十四日，也就是白色情人節做出了斷！」

「「噢噢～～」」

兩名電玩咖又送上掌聲。而在我背後，依舊可以切身感受到光正學弟他們質疑「這是已經是高中生的人在談感情問題吧？」的傻眼氣息……然而我不在意！畢竟，這就是我們的風格！

我繼續對他們補充：

「那一天，雨野同學究竟會回應誰的心意呢！讓我們藉此將一切做個了結吧！」

我高聲宣布這段情場追逐的規則，雨野同學則對我表露出強烈的熱忱。

「換、換句話說，只要我維持現狀到當天——都不做多餘的事情，繼續專情於天道同學，就可以讓關係復合了，對不對！」

「是、是這樣沒錯。」

「那麼，對於這場比賽，或許我非常有把握！」

「！」

別、別這樣啦。你、你帶著那種閃閃發亮的眼神講出百分百好感的台詞，會讓我站不直耶……再說是在千秋同學面前，這次我就拚命撐住了。

於是，千秋同學也在嘀咕間猛呼氣。

「表、表示表示，只要我在那一天之前攻陷景太就行了，對不對？」

「是、是這樣沒錯。」

「那完全可以！有兩個半月之久，要攻陷景太根本是小意思，我可以輕鬆破關，沒錯！畢竟關於他的想法……我星之守千秋就是一本活攻略！」

「的、的確……」

千秋同學對心意有自覺以後，這陣子急起猛追到了嚇人的地步呢。儘管我是覺得挑一個漂亮的日子正好，才把期限定在白色情人節……或許也無法否認這樣實在隔得太久。

…………

還、還是要提前一個月，把期限定在情人節——

「好～～我會加油！到白色情人節之前的兩個半月……我會本著『不（隨便）出面』、『不（胡亂）說話』、『不（跟人）起爭執』的『三不』信條，把這段期間平安過完！」

「我、我也是！到白色情人節之前的兩個半月，我會用『不（與人）疏離』、『不（對戀愛）退縮』、『不忘記打扮』當成『三不』信條，撐過去給你們看！沒錯！」

「啊，這、這樣嗎？你、你們兩位都加油……」

我、我說不出口！事到如今，面對已經完全燃起鬥志的他們，我身為硬派玩家，無法講出「要不要縮短期限」這種騎牆派的話！嗚嗚……

我很快就感到強烈懊悔而無地自容，便無力地垂下肩膀表示：「那、那麼——」並轉身背對他們。

「今、今天我就先告辭了……下次再會，兩位。」

「「是！祝妳有個好年！」」

「好、好的。也祝你們有個好年。」

我生硬地笑了笑，然後有氣無力地離開電玩軟體專櫃。

……半路上，光正學弟和心春學妹大概是認為他們也差不多該和哥哥與姊姊會合了，就朝我這邊走過來。

他們倆就在與我錯身而過時……齊聲拋來一句咒罵：

「「妳是白痴嗎？」」

「…………就是說啊～～…………」

我更加沮喪地嘆息，並與他們錯身而過。然而這時候，我驀地瞧見……他們的言詞固然辛辣，臉上的神情卻顯得有些溫柔。

我就這樣走了一會兒，在搭電扶梯下樓前回過頭……望著與家人會合，開心地交談起來的那四個人，並且喃喃自語：

「……即使如此，在最後，我絕對會贏給你們看。」

就這樣，我們的「最終決戰」彷彿一場「休閒對戰」，表面上寧靜、平穩、和諧——

——實際上卻沒有任何一個參加者想將勝利拱手讓人的「認真對戰」，終於開戰了。

✖亞玖璃與青春效率玩法

「我們之間……已經該結束了，亞玖璃同學。」

「怎、怎麼會……雨雨，人家不要……」

女方在四人座的桌子對面，在位子上含著淚光出聲哀求。

然而我還是冷冷地搖頭，表示拒絕之意。

「事情從之前就很明白了，不是嗎？我們……已經撐不住了。」

「才沒有那種事！人、人家……人家根本就還可——唔……」

這時候，亞玖璃同學突然露出作嘔的模樣，捂住嘴邊。

我不悅地盯著她那副模樣，撂下話：

「妳看……這不就是我們『鑄下大錯』的結果……」

「你、你別說得那麼過分！居然將這份『結晶』說成『大錯』……！」

亞玖璃同學隔著看似孕婦裝的洋裝，憐愛般撫摸自己微突的肚子。然而……即使如此，我仍恨恨地瞪了她的腹部。

「……我是不會負責的喔……」

「！怎麼可以！雨雨，可是人家的肚子，你也有一半責任啊……！」

「哼，誰曉得……我看，妳八成是在其他地方搞大的吧？」

「！你、你說話……居然這麼狠心！」

「還不都是妳！」

我忍不住用力敲桌，裝了冰塊的玻璃杯叮噹作響。

亞玖璃同學消沉下來。周圍的客人頻頻偷瞄我們這邊。

然而，即使如此……我很清楚自己當下在別人眼裡是什麼德性，卻還是向她說出了不吐不快的真心話！

「說要挑戰『情侶限定巨無霸聖代大胃王計時賽！』的當事人，為什麼才吃第五口就淚汪汪了！想哭的可是我耶！」

我瞪向雄偉地坐鎮於我們面前的巨無霸聖代！周圍的常客也都覺得「唉～～又是一對來挑戰的笨情侶……」傻眼地望著我們這邊。

至於亞玖璃同學……則是在這種局面下又憐愛似的撫摸自己的肚子嘀咕：

「討厭……你居然不承認人家捧的『這個肚子』……！」

「那是我要說的台詞！目前我跟妳分擔的比例是8比2耶！反倒是『我這個肚子』才應該當成『努力的結晶』而獲得尊重吧！」

如此說著站起來的我肚子已經脹得快要撐爆了。

然而，亞玖璃同學卻寶貝似的摸著自己頂多只有「微突」的肚子。

「雨雨，人家裝在這裡面的……是愛喔。」

「啥？」

「……這是人家克制不住……就跟炒麵麵包製造出來的愛情結晶！」

「妳在來這裡以前還吃過炒麵麵包對吧！是吧！耍寶啊！」

「這不是耍寶喔。這是愛…………兩人份的愛。」

「兩份？欸，妳為什麼會覺得自己在這種狀態下還能挑戰大胃王計時賽！」

「哎，就這樣嘍。要說人家今天算錯了什麼……應該就是太高估雨雨的戰力這一點。」

「ＯＫ，妳受死吧。」

鬧到最後，我終於衝口說出人生史上最凶的一句話。家庭餐廳裡閃過緊張的情緒。

亞玖璃同學難免也顯得慌了，就露出苦笑安撫我：

「好、好啦好啦，別生氣啦，雨雨，挑戰的費用……人家也會幫忙出兩成啊。」

「欸，為什麼妳只出兩成！」

「用吃掉的量來換算。」

「一瞬間聽似有道理就更惡質了！我才不要！起碼幫我付一半啦！」

「咦咦～～……拿你沒辦法，不然就各付各的嘍。你欠我一次人情喔，雨雨。」

「OK，叫妳的前男友也一起受死吧。」

「今天算人家請客！沒錯！請讓人家付全額費用！」

亞玖璃同學看著緊握吃聖代的叉子、眼睛完全發直的我，這才表示退讓……真受不了。

我大大地嘆了氣，在內心想著還是要幫忙付一半的錢，並斜眼瞪了她。而亞玖璃同學就對這樣的我回以苦笑。

這時候，某處傳來計時器的聲音。沒過多久，店員拿著碼表來我們的座位看過聖代，宣布挑戰失敗，接著淡然留下結帳用的帳單就走了。

我們則發出分不出是打嗝還是怨嘆的嘆息。

「……人家暫時不想再看到聖代和炒麵麵包了耶。」

「為什麼連炒麵麵包都飽和了？妳的愛到哪裡去了？」

「人家的愛，是變幻不定的魔性之愛……現在人家愛的是偏苦的紅茶。」

「妳的愛有九成等於胃口嘛。真是……那我去幫妳端一杯過來。」

「哇～～雨雨，愛你喔～～～！」

「是是是，我也愛妳～～」

我一邊隨口回話一邊走向飲料吧。我們是世界上愛得最廉價的兩個人。

我手腳迅速地沖好自己的咖啡，還有熱水比例較少的阿薩姆紅茶，然後回到座位，兩個人各喝了一口。

「「……呼。」」

口中的甜膩得到緩和，暫且歇了口氣以後，我們又拿起吃聖代用的長湯匙，一點一滴地舀起鮮奶油和冰淇淋……挑戰是失敗了，不過基本上我們倆都無意讓點來的食物剩下。即使平時會耍寶……骨子裡仍屬於頗為規矩的人種。我跟亞玖璃同學就是如此。

然而從消耗速率來看，肯定要打長期戰。我們久違地發揮出拖磨的功夫，家庭餐廳聚會就此進入延遲期。

「唉……為什麼在北地學生最為享受的『過完年剛放寒假』這段期間，人家會跟雨雨在這裡舔著根本不想吃的鮮奶油呢？」

「那完全是我要說的台詞。明明我原本想在家裡玩電玩的……」

從現在推回約一個半小時，今天下午三點多。我完成在寒假規定給自己的課業與家事，興沖沖地正準備迎接幸福的電玩時間，事情就發生了。從亞玖璃同學那裡——

『拜託你，雨雨，陪人家到家庭餐廳。人家能依靠的，就只有你了……』

我收到了如此富有深意的簡訊。身為她的朋友，我當然二話不說就急著出門，結果……卻是這麼回事。

我一面小口小口地把巨無霸聖代的鮮奶油送進嘴裡，一面繼續說：

「我還以為妳又跟上原同學出了什麼狀況……」

「咦？哪有可能嘛。祐目前跟家人去旅行了，沒辦法跟他在一起，人家確實超寂寞的。可是，我們從今年起就恩愛到不行喲。就算分手了，還是很恩愛！人家跟祐現在就是這樣！呵呵，我們這邊可不像某些像傻瓜一樣鬧彆扭的電玩咖，人家在想，『菈蓓亞詩』是不是終於可以派上用場了呢——」

「說真的，我可不可以回家了？」

為什麼在難得的假期，我非得猛吃自己並不想吃的聖代，然後被迫花冤枉錢，還得聽辣妹秀恩愛？假如這就是「人際往來」，我當一輩子落單族也無妨。此刻，我真的這麼認為。

我差點起身離席，亞玖璃同學卻開口安撫：

「好啦好啦，別氣成這樣，雨雨少年。我們好久沒有在家庭餐廳聚會了，不是嗎？」

「哎，這倒也是……」

我不甘不願地重新坐好。亞玖璃同學則喝了一口紅茶，然後繼續說：

「幸好今天時間多得是，大姊姊會秀一招給你看喔。」

「秀一招？」

「呵呵……沒錯，秀一招。」

亞玖璃同學把聖代上頭剩的櫻桃連著梗一起含進嘴裡，還用亂嫵媚的表情挑釁似的望著我，開始吞吐擺弄。看來，她似乎想秀用舌頭將櫻桃梗打結的那套「知名花招」給我看。

「…………」

而我，只是眼神空洞地望著她。

就這樣，過了約一分鐘……亞玖璃同學她……把紙巾湊到嘴邊，「噁～～」地稍微乾嘔了一下，就淚汪汪地朝我大叫：

「人、人家接吻的技術絕對超棒啦！笨雨雨～～！」

「感覺妳什麼都搞砸了嘛。一開始別試不就好了……」

「可、可是雨雨，對你來說，人家是值得崇拜的大姊姊啊……」

「哎呀，剛才那句無法當成耳邊風的台詞是怎樣？我要求妳立刻修正謝罪。」

「可是人家希望你相信這一點就好。雨雨……人家，接吻的技術，真的超棒。」

「誰理妳。我才不想知道那種事。」

「畢竟吃拉麵和烏龍麵，人家都是全家人當中最快吃完的耶，你曉得嗎？」

「謎樣過頭的根據不禁令我動搖。」

「像人家這樣，在接吻時一定夠銷魂的。入口即化。會化成液體的喔。」

「根本已經是邪惡組織怪人才有的特質了嘛。」

「啊，不過，人家要跟你說聲抱歉。」

「抱歉什麼？」

「就算雨雨再怎麼崇拜人家……呃，人家的嘴唇……還是只屬於祐喔。呀，好害羞！」

「哎呀，我這是什麼情緒？」

「怪了～～？雨雨，那種情緒，該不會就是所謂的嫉妒——」

「啊，不對，我發現這是『殺意』了。」

「別帶著笑容握叉子啦！你今天真的很可怕耶，雨雨！」

「誰教我今天真的覺得超煩躁！」

「因為自己的戀愛搞得一團糟，就拿其他情侶出氣，這樣好矬喔！」

「因為自己的戀愛順順利利，就看扁朋友，這樣的女生也很矬啊！」

「誰看扁你了！人家只是……」

「妳只是？」

「人家只是……放寒假閒到有點不知道做什麼，看認識的宅男可憐，才想在玩鬧間指點幾招而已嘛！」

「我被看扁到不能再扁了！是怎樣！接個吻就這麼囂張——」

「咦，你在說什麼？人家根本還沒接過吻耶。」

「震撼的自白！咦，那妳憑什麼高高在上地找我談接吻的技術？」

「就憑拉麵和烏龍麵啊。」

「妳真的是在那麼脆弱的基礎上高談戀愛觀的嗎！」

「要進一步坦白的話，今天人家會覺得『大胃王計時賽……或許能過關喔！』也是用吃拉麵和烏龍麵的速度當根據。」

「在妳的人生中，拉麵和烏龍麵的比重會不會太大塊了！」

「……倒不如說，感覺聊到這些，人家就變得想吃義大利麵了耶，雨雨。」

「不是拉麵和烏龍麵嗎！」

「啊，服務生～～不好意思～～呃，這個…………請給我一盤炸薯條。」

「麵類呢！」

店員用眼角餘光看了傾全力吐槽的我，只說「馬上為您送到～～」就一臉見怪不怪地離去……看來這間家庭餐廳已經拿定應付我跟亞玖璃同學的方式了。

點完額外的餐點以後，我大大地吐了口氣，重新帶起話題。

「接吻那些先擱到一邊……妳願意陪我商量這一點，我是有感受到啦。呃，亞玖璃同學，謝謝妳。」

「嗯。只是雨雨，關於人家接吻技術很棒這一點，希望你也能記住再回家。」

「啊～～好好好，我明白了。那之後我會幫妳跟天道同學、千秋還有上原同學他們說一聲，就說：『亞玖璃同學接吻的技術實在很棒耶～～』」

「嗯～～這樣不錯！人家的吻多有魅力，你就好好告訴大家吧！」

亞玖璃同學雙手抱胸，從鼻子哼出聲音。

我們有一小段時間就這樣默默舀著巨無霸聖代，並且喝飲料……

「「…………」」

…………於是，大約一分鐘後……我們「喀嚓」地暫時將湯匙放下……

——突然間，我們倆同時睜大眼睛，使勁喊了出來：

「「耍蠢嘛！」」

我們察覺到自己差點「種下烏龍的種子」，內心為之戰慄。

「太有事了！原來是這樣！原來我們以往就是在搞這種飛機！」

「真的耶，我們簡直笨到家了嘛！人家幹嘛自己助長自己身上的嫌疑！」

「對嘛！不、不過在這個階段就察覺，也可以說我們有成長才對！」

「是、是啊！雨雨，今年我們跟去年別有不同了！」

「就是啊！照這樣看來，今年肯定是『烏龍／誤會』比較少的一年吧！」

我跟亞玖璃同學對接下來「平安順利的一年」神往了片刻。

於是在這之後，我們又開始閒聊了。

「哎，實際的問題在於我們目前懷有的問題……根本也不是『烏龍／誤會』造成的。」

「對呀，那倒也是。」

亞玖璃同學叼著湯匙朝半空仰頭。

「的確呢……目前也沒有人死心眼地把事情想歪嘛。」

「要加上『在我們觀察到的範圍內』這句註釋就是了。總之，該化解的認知歧見都沒有了。不過，正因為這樣……」

「嗯……也可以說，我們已經踏進更棘手的領域了呢。」

亞玖璃同學垂下肩膀。她把聖代湯匙揮得像教鞭，又說：

「雨雨，目前呢，祐確實沒有『誤會』人家跟你之間的關係。沒有是沒有……相對地，他卻催人家『要認真地思考一下』。」

「天道同學也差不多。她並沒有『懷疑』我跟千秋之間的關係，可是，她同樣在催促我『好好地檢討』。」

我們倆像這樣確認過彼此的現狀以後……就大大地嘆了氣。

「「坦白講，好麻煩喔。」」

這正是我們「被甩的一方」……只能對彼此展露的真心想法。

亞玖璃同學用湯匙輕輕敲了巨無霸聖代的玻璃杯緣。

「好巧不巧，我們現在就跟這個一樣吧？」

「妳的意思是？」

「假設這杯巨無霸聖代是人家和雨雨的心，那兩個人現在想看的，就是應該會寫在杯底的『人家喜歡祐』、『雨雨喜歡天道同學』這樣的字句。」

「啊……原來如此，也是可以這麼說。」

「然後呢，實際端出這杯聖代的當事人……以現況來講就是我們，何止在聖代吃完之前，甚至在這段情場追逐開始前就已經曉得了嘛，對於杯底所寫的真相。」

「我們都曉得啊。」

「可是，那兩個人卻要求『把聖代吃完讓他們看杯底』，而且還不是由他們來吃，而是讓人家和雨雨自己吃耶。」

「啊～～……」

太過絕妙的比喻讓我停下吃聖代的手……嘴裡甜得讓人無可奈何。

我和亞玖璃同學同時把飲料送進口中，然後呼出一口氣……並且嘀咕：

「「好麻煩喔……」」

當然，我們都無意「拋下」這項任務。這不用多說。

可是，正因如此……我們難免就會有怨言。

為了休息一會兒，我靠向椅背，還跟亞玖璃同學先講了一聲才把智慧型手機拿出來玩。

這時候，《ＧＯＭ》的活動正好到了，〈ＭＯＮＯ〉亦即千秋就在線上。我嘀咕：「那我跟千秋玩一下喔。」跟我一樣玩起手機的亞玖璃同學便露出苦笑。

「雨雨，假如跟你一起在這裡的是天道同學，剛才那句發言會稍微『氣到』她喔。要注意才行，你那樣會被扣分的。」

「啊……有道理。對不起……」

我被亞玖璃同學點醒……確實如她所說。目前我過日子是以「不出面」、「不說話」、「不起爭執」的「三不」為信條，這樣就牴觸「不（胡亂）說話」了。要注意才行……

不對，倒不如說，在注意那些之前……

我一邊繼續操作遊戲，一邊對亞玖璃同學回話：

「基本上要說的話，我們今天像這樣出來見面，對彼此而言都是扣分吧？就算不會造成決定性的誤會或曲解……用巨無霸聖代比喻的話，相當於多擠了一團鮮奶油啊。」

「啊～～……」

亞玖璃同學的視線依然落在手機上，臉上則添了一絲陰影。

「的確，聽你一說，或許是這樣……抱歉，雨雨。」

「咦？啊，不會，哪有什麼好道歉的，我根本……」

我也依然望著手機，還搔了一下臉頰……然後繼續說：

「……呃……老實說，我也覺得……很開心……」

「……是……是喔……」

「……………」

「……………」

我們倆默默地繼續玩手機。我是在跟千秋玩遊戲。

至於亞玖璃同學……大概是在跟上原同學傳簡訊吧……既然如此，她目前跟我在家庭餐廳這一點，不知道有沒有傳達給對方？我對此莫名感到介意。

我們雙方就這樣專心用手機，在告一段落以後才抬起頭。

於是——視線對個正著了。我們彷彿要掩飾那些許的尷尬，便各自拿起湯匙。

「來、來吧，我們再加把勁把這吃掉，亞玖璃同學。」

「也、也是。」

我們直接把混了巧克力醬，已經變成灰色的鮮奶油和冰淇淋大口大口地迅速往嘴裡送。

結果，步調卻立刻慢了下來。當我慢吞吞地動著湯匙時，方才亞玖璃同學點的炸薯條就來了。以肚子容量而言是造成壓迫的敵人，對甜膩膩的嘴巴來說倒是救世主。

我們一面用薯條的鹹味調適嘴巴，一面逐漸擺平聖代。於是，以結果來說——恐怕比單吃聖代輕鬆許多，這杯聖代被我們全部吃完了。

我們倆飽得扶著肚子打嗝，並處理剩下不多的薯條。

亞玖璃同學用食指和拇指捏了根細細長長的薯條，然後嘀咕：

「……雨雨，跟你來家庭餐廳聚會，對人家來說就跟這個一樣呢。」

「啊～～……原來如此。我了解。」

我也捏了根小小的薯條點頭。亞玖璃同學又繼續說：

「這確實是多餘的。不過，對人家的好處還是比較多……」

「對啊。我也是因為可以像這樣定期找妳商量，才勉強能保持精神的安穩。」

正常來想，感情問題對我這種落單族來說，根本就負荷不了。實際上，從聖誕節到元旦這段期間就滿慘的。我越是思考天道同學和千秋的事，就變得越是討厭自己……

不過像這樣跟亞玖璃同學挖心掏肺聊一聊，儘管並沒有解決些什麼，心情卻會變得舒坦。這大概能幫助我對「動不動就把自己逼太緊」的毛病有所自覺。

我驀地望向清空的巨無霸聖代容器……像這樣走出家門，看看外頭的世界，會覺得這些事情還挺蠢的。如今……這樣的事實讓我感到無比寬慰。

亞玖璃同學拿薯條沾滿還剩不少的番茄醬，然後放進嘴裡，一臉說不上來的表情嘀咕：

「不過……無論是什麼事情，太過頭都不好呢。」

「就是啊……唉，只有電玩例外。」

「為什麼啦！電玩玩過頭，反而才是最不好的吧！」

「亞玖璃同學，我們別爭這個好了。這並不是誰對誰錯的問題。」

「不，關於這件事，人家絕對是理直氣壯喔！」

「戰爭就是從妳這種僵化的觀念孕育出來的。」

「自宅警備員就是從你那種墮落的觀念孕育出來的啦！」

我們悶哼著互瞪。然而……我們很快就噗嗤笑出聲來。

把最後一根薯條放進嘴裡的亞玖璃同學說了聲：「好啦！」並抓起帳單站起身。

「薯條時間結束。我們差不多該走了吧，雨雨。」

「好的……順帶一提，妳今天真的要請客？」

「人家反而想問……雨雨，你真的想讓人家請客嗎？」

「………………唉，我會付一半啦……」

「哇～雨雨你最好了！愛你喲！」

「愛的價值正在暴跌不止……」

雖然亞玖璃同學的愛本來就是連「炒麵麵包」都分得到的愛。

付完帳以後，我們離開家庭餐廳朝車站走去。

時間才五點多，周圍卻已經暗下來，馬路對面有連鎖酒館的華麗燈籠成群發亮。

亞玖璃同學說著「唔～好冷！」披上圍巾，走在我旁邊。

「唉呀，在這樣的夜晚，會渴望人的體溫呢，雨雨。」

「不，我對人的體溫完全沒有概念，所以都沒有那麼想過。」

「……是喔……哎，人家也是啦。」

「這樣啊。」

……感覺實在不像交過男女朋友的人，空虛的對話。

當我們就這樣默默走了一陣子以後，亞玖璃同學就說：「啊，對了對了。」有些不自然

地找我講話。

「其、其實呢，人家今天會想到要來家庭餐廳，還有一個理由。欸，雨雨，聽我講嘛。其實從昨天，我們家就出現了人家最怕的——」

聽起來像是無關緊要的閒聊，而且會講很久。儘管我覺得有些過意不去，還是一度打住她的話。

「……亞玖璃同學，可不可以聽我說一下？」

「唔咦？怎樣啦，這麼鄭重。」

亞玖璃同學純真無邪地歪頭反問。而我……仰望著沒有星星的夜空，呼出白色氣息——然後才總算說出那句話。

「——短期內，我們能不能節制像這樣在家庭餐廳聚會？」

「…………」

亞玖璃同學難得一聲都不吭。我依然仰望著夜空，繼續告訴她：

「用聖代和薯條來比喻，結論是我們都把這種聚會當成一種『療癒』，而我還提出這種要求，感覺滿那個的…………不，應該說，正因如此，我才敢提出要求。」

「…………雨雨，你好好說明理由，讓人家聽看看。」

亞玖璃同學既沒有生氣也沒有敷衍我，而是用淡定的語氣問道。

而我……就把視線從夜空轉回來，改成望向遙遠前方的車站，繼續說：

「之前我也提過，現在，我下定決心了。一直到天道同學定在白色情人節的期限……在這段期間，我會保持『不出面』、『不說話』、『不起爭執』。簡單來說，我不會像以往那樣，不經思考就做出傻事。」

「咦，雨雨，原來你對『不經思考就做出傻事』也有自覺啊。好訝異。」

「唔……畢竟……自己導致一堆事情弄得這麼亂，我總該……」

「哦～～」

亞玖璃同學依舊沒多大興趣似的回話。

我咳了一聲清嗓，然後繼續說：

「所以……亞玖璃同學，跟妳出來聚會對我來說確實是一種撫慰，無可取代，而且非常開心。不過……正因為這樣，為了得到真正想要的結果，我覺得自己要忍耐才可以。目前……我會希望極力避免讓自己跟天道同學的終點變遠。所以……」

我這麼說著轉向亞玖璃同學那邊。於是她……帶著笑容點了頭。

「沒什麼不好啊。雨雨，你下的決心，人家覺得很了不起喔。」

「！謝謝妳！那麼……」

「嗯，短期內，我們節制像這樣出來聚會吧。啊～～……不過……」

說到這裡……亞玖璃同學眼中盪漾著有些落寞的色彩，朝我看了過來。

「即使你沒有什麼了不起，又笨笨的，人家也不覺得討厭就是了……」

「…………咦？」

被她一說，我不禁停下腳步。亞玖璃同學卻立刻表示「抱歉抱歉」並笑了出來。

「你不用太介意，剛才那完全是人家在自言自語。嗯，總之呢，關於要節制在家庭餐廳開會這件事，嗯，人家了解了喔！」

「咦？啊，好的……謝謝妳。還有……對不起。」

「哪有什麼需要對不起？人家身為姊姊，對於要朝著戀情勇往邁進的少年，會全力支持啊！加油喔，雨雨！」

「好、好的，我……會加油。對、對了，亞玖璃同學，妳剛才想聊的才講到一半，對不對？不好意思，我似乎打斷妳了。結果，妳要聊的是什麼？」

「咦？啊～～……嗯，沒有啦，根本不是什麼大事情！沒關係！嗯！」

「是、是喔？」

於是，我一面踏出腳步一面仍默默低下頭。

……不知道為什麼，明明是我自己提出的事情……內心卻在躁動。

「（難道我……搞錯什麼了嗎？）」

冷靜下來之後，我試著做一番檢討。

我想跟天道同學交往，為此，我非得證明自己的心意。既然這樣，我就要一心一意朝那個目標邁進。為了這一點……我應該極力避免會受到誤解的舉動。因為那才是對的，那就是完美無缺的「正確答案」。

……………

……無論檢討幾次，我還是找不出任何「弄錯」的地方。萬一有錯，大概就錯在我有顆像這樣「懷疑自己有錯」的脆弱心靈吧。

當我悶不吭聲時，亞玖璃同學就突然「啊」地發出聲音，停下腳步。

「對了，人家要順路去一趟藥妝店才可以。」

「咦？啊，這樣喔？那我也陪——」

提議到一半，我不由得把話頓住。於是，亞玖璃同學便心有靈犀似的笑了笑，還拍了我的肩膀。

「哎，雨雨你真不懂得體貼耶！女生有很多時候是不想讓男生看見自己買什麼的喔！」

「咦？啊，對、對不起……」

那倒是真的。雖然是真的……不過……

當我帶著複雜的笑容愣住時，亞玖璃同學為了走過剛好變燈號的斑馬線，就對我揮了揮手並跑步離去。

「掰嘍，雨雨！下次……呃～在學校或同好會見吧！」

「好、好的！下次……在學校，或同好會再見……」

我無力地揮手回應，然後目送亞玖璃同學離去的背影。

於是就這樣，在我看著她的身影消失於建築物死角以後……我忽然想到。

「……車站裡面不是也有藥妝店嗎……？」

……不對，她肯定有自己常去的藥妝店，要在那裡才能累積點數。嗯，沒錯，就是這樣，不會錯。

「…………回家吧。」

我又朝車站邁出步伐。

…………

……為什麼呢？

明明一直線走在最短的路線上，今天車站大樓卻讓我覺得特別遠。

✖上原祐與麻煩任務

朋友與熟人多，說起來也未必就是有好處的特質。

我，上原祐，最近常常在想這種事情。

緣分確實是助力，時時都能得到別人協助的人當然厲害。奇幻RPG裡勇者能打倒魔王，到頭來也大多是這個理由。名為牽絆的群體之力。

但我一方面認同那種力量……一方面卻也這麼想——

人面廣泛帶來的壞處，其實也大得驚人才對吧。

勇者確實從全人類得到了莫大的協助，但那也跟名為期待的壓力直接連在一起。

看那些藝人，也會憧憬他們光采亮麗的活躍，然而在私生活必須戴墨鏡&口罩的另一面，坦白講也就不是那麼令人稱羨。

我想談的是什麼呢？說穿了，就是「朋友、熟人多的人」未必等於「現實中過得充實的人」！

『喔……是這樣啊。』

在我滔滔不絕地一口氣講到這裡以後，從電話另一端傳來了傻眼似的洩氣反應。

寒假最後一週的星期一，下午兩點多。

我待在超商停車場的角落，一個人彎著背，對通話的對象……雨野景太訴說。

「你懂嗎，雨野？勇者有勇者的重任，所以有的時候，民眾也要在心靈方面給予他支持才可以。你說是吧？身為我的子民，你也覺得對吧？」

『誰是你的子民啊。呃，我承認自己生來就是平民百姓的性格啦……』

「子民啊，不然我問你。在王者面臨危機之際，民眾該怎麼做？」

『……呃，抱歉喔，上原同學。我想繼續玩電玩，通話是不是可以切掉了？』

「為什麼啦！別人講話，你有在聽嗎！」

『有啊，我聽過才做出判斷的。啊，聊這些會浪費時間，我的判斷是這樣。』

「過分！虧你對好朋友說話可以這麼冷漠！你不是人！」

『不不不，突然接到電話，還莫名其妙聽了一大串「人面廣會有的壞處」以及「王者與民眾」的突兀理論，你也想想被迫當聽眾是什麼心情嘛……』

「沒、沒辦法啊！因為我也在遲疑，要怎麼跟你談正題……」

『？遲疑要怎麼談正題？啊～～……又是跟女性有關的麻煩事？』
「喂，別講的好像我老是在跟女人攪和一樣。並不是。」
『咦！不是嗎！』
「太令人寒心啦！啊～～夠了！我今天打電話給你，才不是為了那種事。」
我使勁猛搔頭。於是，雨野在電話另一端大大地嘆了氣，然後改用溫和一點的語氣問：
『所以說，是怎麼了呢，上原同學？假如幫得上忙，我就會效力啊。』
「雨野……」
扯來扯去到最後，他講話還是這麼溫柔，儘管我一瞬間差點掉淚……卻硬是忍了下來。
就這樣，經過醞釀以後——我講出了自己的願望。
「——雨野，我現在……好想立刻見到你。無論怎樣。」
『…………』
「…………」
由電話另一端傳回來的是沉默。接著，大概過了足足十秒鐘吧。
……從出聲孔冒出了熱情的吐息。
『……原來如此。我知道了……那我先知會天道同學，不用等到白色情人節，我選的劇情線就已經定下來了。』

「嗯，雖然我完全聽不懂你在講什麼，總之別衝動，雨野。」

我靠著野生的直覺叫住雨野。不過當然了，他似乎也不是認真的，就語帶嘆息地對我做了個總結。

『呃，換句話說，你是想邀我接下來一起出去玩嗎？』

「對啦，大略來講就是這樣。」

『……唉。如果是這樣，很抱歉，我今天還是不太方便。這麼突然，我根本沒有整裝做準備，要出門想必也會花一些時間，何況我目前處於「不沒事找事之月」——』

「雨野。」

我打斷雨野陳述來不了的理由，並且淡然告訴他：

「聽我說，你講的有道理，所以，你要拒絕也無妨。雖然無妨……在最後，讓我把這邊的狀況轉達給你就好。拜託。」

『你那邊的狀況？現在還有什麼好提的……啊～對了，你從「人面廣會有的壞處」開始跟我聊起的理由依舊成謎耶。』

「是啊，你會好奇吧？」

『嗯，還好啦………不過，反正就那麼回事吧。十之八九是你在街上遇到了星之守姊妹或什麼人，然後光你一個男的應付不來，才想跟我求救……』

雨野展現出「就差那麼一點」的推理。

目前我確實正如他所說，在逛街途中遇到了熟人，還因為某些緣故被迫跟對方長時間一塊行動……而且窘於應付到了爆炸的地步。

就這層意義來說，雨野景太的推理可說完美無缺。只要不扯上自己的戀愛，他依舊是個靈光到神準的男人。根據找上門的風波性質而定，他甚至有潛力當個安樂椅偵探……正因如此，在「這種現況」下，我才更需要他助陣。

我賊笑著揚起嘴角，並且回答雨野：

「是啊，這套推理幾乎完全正確，雨野，你實在很敏銳，活像只會羨慕其他人而一直遠遠觀察的彆扭繭居族，只要不扯上自己，你的觀察力和洞察力就是這麼出色。」

『我掛電話嘍。』

「抱歉。」

這次我便乖乖道歉了。雨野嘆了口氣以後，又繼續談下去。

『總之，假如你碰上了那種事，感覺確實很可憐……不過，這次只能請你節哀嘍。我也有獨自跟星之守姊妹對峙過啊，所以這次碰巧輪到你而已，上原同學，你就認命地獨自想辦法應付——』

「只不過，要我來講嘛，你有一項決定性的錯誤。」

我又一次打斷雨野的話並繼續說道：

「我現在被迫一塊行動的對象，可不是星之守姊妹——」

接著我深深吸了口氣……才揭露出那群「意外的成員」。

「是『三角瑛一』、『加瀨岳人』、『雨野光正』——距離感超尷尬的這三個男生。」

『我現在就過去。』

通話頓時斷在這裡。看來雨野似乎察覺自己是必須的「接點」了……果然，每個人都該交個懂得看場合的朋友。賺人熱淚。

我擦掉眼角的淚水，把手機收進口袋，然後仰望在這間超商對面……有那三個人「等著我」的遊樂場大樓。

「……走吧。」

就這樣，重拾決心踏出一步的男人，上原祐——

……對我而言，被史上最為「尷尬的熟人們」圍繞的一天才剛剛開始而已。

＊

掛掉電話經過八分鐘，雨野就用驚人的速度趕到遊樂場了。據說他的父母正好要開車到街上買東西。

即使如此，雨野似乎還是經過一陣手忙腳亂，他好幾次試著把頭上翹起來的頭髮壓到服貼，還表示「所以說……」將目光微微往上瞟向我們幾個人。

「……呃……突然問這個也亂尷尬的…………現在是什麼情況？」

「「我們才想知道這是什麼情況。」」

「啊哈……哈…………唉。」

在遊樂場休息區窩著一群特色十足的男性──我、三角、加瀨學長、光正，而雨野在我們四個人面前，累懨懨地顯得一副沒力的樣子。隨後，雨野把視線往下移──還有個穿著哥德蘿莉服，模樣宛如人偶的女童正拽著他的襯衫下襬……所謂混沌，就是指這樣的空間。

「──大哥哥，請容我立刻問一句，你……是『有用的人』嗎？」

「……呃，那個……？抱、抱歉，請問一下，妳是哪位？」

「失禮了。我叫美衣，今年七歲。目前，當下，走失了。」

「走、走失？」

「是的……不，或許情況還更糟糕。我走失了，還被幾位『沒用的』大哥哥包圍著，這就是現狀……大難當頭。」

「呃……這樣叫大難當頭？」

「是的，大難當頭。」

「……」

「……」

雨野跟女童——美衣對望了片刻，然後就額頭冒汗，再度看了我們這裡一圈。他又一次對我們問道：

「所……所以說，現在到底是什麼情況！」

聽了他的問題——

我們四個……在微微笑了笑以後——同時帶著幾乎泛淚的眼神朝他吼了回去。

「「我們才想知道這是什麼情況！」」

「真是傷腦筋……」

當著五個丟人的男學生面前，唯有女童傻眼似的搖著頭。

「原來如此……事情我掌握到大概了，但是請讓我復習一下。」

後來過了五分鐘，雨野坐在休息區的椅子上，看了所有人一圈確認。

我們點頭，雨野便馬上開始復習。

「首先……上原同學和光正今天原本是各自上街，卻剛好在附近遇見……接著你們糊里糊塗地起了『爭執』，結果就決定在遊樂場比個高下……我這麼說可以嗎？」

「「沒錯。」」

我和光正點頭。雨野繼續說：

「當時在另一邊，三角同學趁這次放假，心想『偶爾也來接觸新遊戲看看好了』，就邀了加瀨學長來遊樂場玩。」

「「沒錯。」」

加瀨學長和三角點頭。雨野繼續說：

「當時還有另一邊，也就是妳……名叫美衣的『伏黑美衣』小朋友，在這附近跟『媽媽』走散了，漫無方向地走到最後，結果就闖進遊樂場了。」

「碳酸，我喜歡。」

宛如人偶的女童坐在雨野腿上，並沒有回答他的問題，只是用兩手捧著罐裝飲料小口小口地喝著……話說那本來好像是雨野買給自己的飲料…………認識五分鐘就被女童瞧不起的男人，雨野景太。

他嘆了口氣，並繼續說：

「事情經過我大致了解了……話雖如此，正常來想，又不是動畫或電玩，所有人的命運會像這樣統統糾纏在一起嗎？」

「「就是啊。」」

我跟光正齊聲回答。不過在這種情況下……加瀨學長眼鏡發出寒光，還用拇指比了比站在他旁邊的美少年。

「你應該會曉得吧，雨野景太。今天這傢伙……三角是跟我一起的。碰見熟人姑且不提，會碰上『麻煩上身』型的命運捉弄，也可說是理所當然的結果才對。」

「咦，是我害的嗎！」

突然被人毫不講理地究責，三角瑛一瞠目結舌。然而，雨野聽完加瀨學長這套理論，也深深認同。

「對啊，既然有『主角』在，那也難怪呢。」

「雨野同學！怎麼連你都信莫名其妙的那一套！」

「不然我問你，三角同學……這一次，原本最先對那個走失的女孩——美衣伸出援手的人是誰？」

「唔…………是我啦……」

「「看吧～～主角命格。」」

「有人這樣吐槽的嗎！」

被雨野跟加瀨學長齊聲指正，三角眼裡泛淚。我和光正對這方面不太清楚，就只能望著彼此的臉……哎，三角確實長得一副不會生事的臉，身上卻有股驚世駭俗的氣場。應該說，他跟天道屬於同類吧。

美衣聽了這些話，又張嘴灌了一口碳酸飲料，然後嘀咕：

「那時候的瑛一哥哥，簡直像王子一樣。」

「美衣……」

「雖然說，他是位意外沒用的王子。」

「唔……！」

三角發出低吟……的確，這傢伙的能力固然出色，可惜似乎不是適合用來解決走失問題的能力。加瀨學長無奈地嘀咕：

「假如問題大到『要拯救世界』的規模，事情就容易了……」

「不不不，各位現在是基於什麼樣的世界觀在講話？開玩笑的吧？」

光正陪笑臉對大家吐槽。然而，何止加瀨學長和雨野，甚至包含位處話題焦點的三角瑛一本人，現場沒有任何一個人笑得出來……光正求助似的看了我，可是被指望也很為難。

於是，雨野嘆了氣，大概是有意緩頰，就把話題轉到光正身上。

「光正，話說你一個人在做什麼？今天你不是說要跟朋友玩，中午過後就出門了嗎？」

「啊～～……」

光正尷尬似的轉開目光……這我曉得。他對哥哥提「要跟朋友玩」完全是隨口胡謅的。何止如此，我還曉得這傢伙今天就跟以前的我一樣，依舊想對雨野的戀愛「瞎幫忙」。

雖然具體的方案我不曉得，說穿了，他似乎都在「動手腳」，想拉近星之守和雨野的距離……或者疏遠天道或心春學妹。

不巧的是，他忙著忙著就遇到了我。無心間看出端倪的我告誡後演變成口角，最後就直接鬧到「不然用遊戲做個了斷」——乃至此刻。

順帶一提，「不演的光正」有多毒舌，加瀨學長還有三角兩位都清清楚楚地目睹了，他們倆也了解大致內情，只有雨野一無所知。

然後，從光正的立場，當然不能老實告訴哥哥這些內情。

他語塞了一會兒……然後就露骨地對我們轉移話題。

「不、不說那些了，大哥！現在要緊的是美衣走失了，難道不是嗎！」

你用這麼膚淺的說詞就想溜啊……我、三角、加瀨學長感到傻眼。

但意外的是……這似乎對雨野十分有效，他警覺過來以後就立刻向美衣賠不是。

「對、對不起喔，美衣。沒錯，我們應該先為妳設想……」

「不會不會。碳酸好好喝，所以請不用費心。」

美衣小口小口地在雨野腿上喝著蘇打。雨野消沉下來……大概是天生的懦弱性格所致，他似乎對「聽似有理的發飆方式」很弱。不愧是他的弟弟，將這一點掌握在心。雨野光正，厲害。

實際上，我們也贊成盡快解決小朋友走失的問題。

三角困擾似的繼續對雨野說明：

「總之，我們也將該做的事情都試了一遍。」

「這樣喔？比如找這裡的店員商量？」

「嗯，那當然有。可是精確來說，美衣並不是在『這裡』走失的。因為她是在『這間遊樂場附近』走失，感覺也不能託這裡的人照顧……」

「是喔。那……啊，美衣有沒有把父母的聯絡方式帶在身上？」

「嗯，有啊。她有帶著寫了『姓名、地址、電話號碼』的卡片，不過說到那個……」

「你看，就是這張。」

美衣從小小的包包裡摸索翻找，並將我們剛才也有確認過的聯絡卡片遞給雨野。

雨野收下卡片，然後確認……上面確實寫了「伏黑美衣」這個姓名、住址以及電話號

碼。但是……

「……東、東京？」

雨野看了位於本島的地址歪過頭。美衣點了點頭。

「是的。我本來……是東京人。」

「本、本來？」

「是的。因為爸爸調職，最近，我們家搬到這裡。目前，由於『公司宿舍』不方便，只有我跟媽媽暫時寄住在表親家。」

「……呃，我有不好的預感耶。那麼，妳爸爸的公司宿舍或表親家的聯絡方式……」

「呵呵。你當然會這麼問嘍。是啊，沒錯吧，有這樣的思路是當然的——那麼，面對你的疑問，我的答案，就只有一個。」

「喔喔，所以妳的答案是？」

「——無備乃患！」

美衣說完，就同時打開幾乎空空如也的小包包給雨野看！

「我第一次看到有小朋友走失了還這麼自信滿滿！」

果然，雨野也做出了跟十幾分鐘前的我們一樣的反應。

當美衣把「派不上用場的聯絡卡片」收回小包包時，三角又補充：

「我們也試著打了她在東京家裡的電話號碼，但是沒有收穫。」

「聽起來……卡關滿嚴重的耶……」

「對啊。」

五名男學生互相苦笑。像這樣確認過一遍狀況以後，雨野他……就跟我們四個在稍早之前一樣，導出了應付走失兒童該有的結論。

「那就送她到派出所……」

然而，雨野這麼一說，美衣就把碳酸飲料「砰」地用力擺到桌上。她鼓起腮幫子，轉頭看向雨野。

「不要，我討厭找警察。那樣子，感覺事情鬧得好大。」

「實際上，我覺得事情還滿嚴重的耶……」

「……可是，事情鬧大的話……會讓媽媽困擾……」

「啊～～……原來如此。那倒是……唔嗯……」

雨野有所領悟似的露出尷尬的臉。他屬於對「旁人的眼光」以及「給誰添麻煩」倍加在意的類型，所以在心情上才能體會美衣的說法吧。

緊接著，美衣就用細微得幾乎要消失的音量嘀咕：

「……畢竟……我的所有權，是歸媽媽……」

「咦？所有權？什麼意思？啊……妳想講的是監護權嗎？」

「…………不對，是所有權，對媽媽而言。」

「呃……？」

雨野看似不解地歪過頭，三角為了讓話題有進展便接著解說：

「總之狀況就像這樣。但是美衣提到『不想輕易把事情鬧大』的意見也有道理，所以，我們打算觀察一小時左右看狀況。當然，假如她還是無法跟家人會合，就要麻煩警察了。」

聽了他的說明，雨野深深點頭。

「原來如此。然後，偏偏你們四個都聽見了美衣有這樣的難處……結果所有人要走也走不掉，就耗到現在了。」

「「沒錯。」」

我們四個同時嘆氣……剎那間，雨野就莫名其妙地嘻嘻笑了出來。我們不爽地皺起臉，雨野賠罪「沒有啦，抱歉抱歉」之後——

不知道為什麼，他憐愛般看了所有人，然後對我們微笑。

「上原同學、光正、三角同學還有加瀨學長……都是好人呢，我覺得好開心。」

「「…………」」

我們四個頓時臉紅，害羞到不行，都把臉從雨野面前轉開。

這、這傢伙是怎樣！為什麼只要面對男的，他總是可以這麼坦然說出好感或讚美？他太純真無邪了，連要敷衍過去都沒辦法！

美衣看到我們這樣，就轉頭望向雨野，態度依舊淡然地問他：

「景太哥哥，我看出來了。在這群『沒有用』的男生裡面……你的立場相當於『宅男追捧的公主』，對不對？」

「咦？」

「「並沒有！」」

雨野疑惑到一半，我們四個就傾盡全力吐槽。話說這個女生的遣詞品味是怎麼搞的！虧她講得出「宅男追捧的公主」這種話！無論是哥德蘿莉裝、嘴巴之惡毒、豁達的處世觀……說真的，她的家庭環境到底有什麼毛病啊！

美衣接著又告訴雨野：

「從這方面來說，景太哥哥，你跟我媽媽一樣。」

「欸，妳說我們一樣……原來妳媽媽是『宅男追捧的公主』嗎？而且，她還明目張膽地對妳說這些？那會是怎麼樣的人啊……」

「是個美女，而且很受歡迎喔，我媽媽。」

「哎，我想也是。」

「更重要的是，她有很多部下。」

「是喔，部下嗎…………咦，部下？妳沒有跟公司的屬下弄錯嗎！」

「是的。媽媽對那些人並不會用屬下來稱呼。啊，偶爾倒是會叫他們『手下』。」

「美衣的媽媽原來有手下耶！」

雨野猛烈吐槽。這傢伙面對女童，根本也是用對等的立場在講話……大概是因為心智年齡差不多吧。

這時候，加瀨學長看似對這兩個人的鬧劇看不下去，就一邊搔頭一邊開口：

「啊～～……不管怎樣，我說你們差不多該換個地方了吧？雖說是情非得已，一直霸占休息區應該也不好。」

他這句提醒讓我們四個忍不住看了彼此的臉，還訝異似的說溜嘴：

「「加瀨（這位）學長居然……談起一般的常識了……？」」

「你們幾個之後都給我來後巷。」

加瀨學長扳響握拳的手指瞪了過來……好恐怖。

就在此時，美衣喊著「嘿咻」從雨野的腿上跳下來，還走在我們前面淡然說道：

「啊，如果要動粗，請到我不在的地方，因為那有礙我的教育。可以的話，希望你們對於那方面的發言，本身就要有節制……真是一群思慮不周的大哥哥呢。」

「「…………總覺得真是對不起。」」

「好了啦，大哥哥們，你們還在蘑菇什麼？趕緊走嘍。」

「「啊……好的……」」

就這樣，五個洩氣的男學生被女童合情合理地訓斥以後，就跟著走在她後面。

……在我寒假史上最慘澹的一天似乎還無法結束。

*

「話雖如此，根本沒有線索可循耶……」

離開遊樂場之後，三角就立刻環顧四周，一臉束手無策地嘆氣。到了傍晚，街上來往的行人也多，我們這群人光是要走在一起就費了不少力氣。

這時候，帶頭走前面的美衣突然停下腳步，朝我們這邊回頭，還莫名其妙地望著我的眼睛，並且「嗯」了一聲指向地面。

「祐哥哥，請對我低下頭。」

「……嗯？」

我完全不懂她的用意而歪過頭。於是，雨野就傻眼似的看向我。

「……又來了啊，上原同學？該說你一看到女生就變得沒頭沒腦的嗎……」

「欸，我才不想被沒頭沒腦就懷疑人的傢伙這麼說！我又沒有對美衣亂來，何必要我向她賠罪！」

「上原同學，可是你都會無自覺地對我和女孩子灌迷湯，傷我們的心……」

「並沒有！尤其是對你，我連半點灌迷湯的印象都沒有！」

「咦，好過分。我被傷到了，所以請你也向我低下頭，祐哥哥。」

「你少煩啦！」

欠罵的落單族站到美衣旁邊，還跟女童一起要求我「低頭」。

接著，美衣對我們這段互動傻眼似的嘆了氣。

「我不是那個意思。我說的，是物理方面的低頭。」

「「物理方面？」」

我跟雨野看了彼此的臉並歪過頭……於是乎，我只好哼聲蹲下來，朝美衣稍稍低頭……

然後我的後腦杓就突然被小小的手掌一把壓住了。

「喂，妳等一下，這是在幹嘛——」

「請你別動。這樣子，我很難登頂。」

「……登頂？」

美衣直接把全身壓到我的頭以及肩膀，然後爬了上來。接著她靈巧地調整姿勢，結果到最後……

「呼～～登頂完畢。祐哥哥，請你站起來。」

「…………會痛耶。」

頭髮被人當成操縱桿抓起一撮，我被迫抬起頭。接著在被催促站起來以後……加瀨學長就說了聲「原來如此」然後點頭。

「妳是想騎上肩膀啊。」

「是的。祐哥哥，被我登頂了。」

美衣把腿擱在我的肩膀上，還用兩手緊緊抓住頭髮。當我理解是這麼一回事之後，就抓住美衣的腿讓她穩住。

於是，光正就略感佩服似的嘀咕：

「原來如此。畢竟我們對美衣母親的長相一無所知，讓她從高處張望來往的行人是合理的。」

經過光正解說，頭上便傳來美衣點頭的動靜。

「正是如此。美衣得到『機器祐』了。此刻，祐哥哥的所有權，是歸我的。」

「欸，妳又扯什麼『所有權』……痛痛痛！」

「向右轉，機器祐。」

「別用抓頭髮的方式操縱我！機器祐是靠言語也可以指揮的機型！」

「咦～這樣的話，反饋就不夠靈敏了。」

「虧妳懂得反饋這個詞耶。」

「好了啦，你活動不俐落點，一旦出事是會打輸敵人的喔。」

「咦！原來在這之後，機器祐有安排要打鬥嗎！真的假的？」

我感到愕然。於是，雨野就憐愛似的望著這樣的我。

「總覺得……上原同學會是個好父親耶。」

「停！在我的人生中，原本應該讓亞玖——讓可愛女角說的台詞，都被你這種貨色白白浪費掉了，別這樣！」

「走吧，機器祐，你要盡全力走路，還有戰鬥！……到新機體抵達為止！」

「喂，上面的搭乘者！妳也一樣，別幫忙插旗預告機體會報銷好嗎！妳講的是我會被敵人先打爛一次的套路對吧！我照這樣演下去就會變成新機體出場的墊腳台對吧！」

我幾乎要飆淚，陪同的男生們還不負責任地遠遠圍在旁邊起鬨：

「「加油～～機器祐～～」」

「你們之後都給我到後巷！」

「啊，機器祐，不可以用暴力喔。扣一分。」

「痛痛痛痛痛！美衣！妳剛才拔了我一根頭髮吧！住手啦！搞得像西遊記一樣，還有懲罰制度！」

「用暴力是不行的喔，機器祐。」

「妳明明就說得像是研發用來戰鬥的機器人！」

像這樣互相耍寶以後，結果我還是乖乖當機器祐走動。

雨野走在我旁邊，露出苦笑。

「被毫不知情的人看見，這樣的場面會造成滿多誤會呢。」

「喂，別講了。聽起來就是有極高機率會發生的狀況，你別替我立旗。」

「不要緊啦。就算亞玖璃同學目睹了，她會想到的可能性頂多只有…………『難道說，那是雨雨跟祐的小孩？』再誇張也就這樣而已吧？」

「那對我們來說已經是史上最要命的誤會情節了啦。」

我臉色發青。然而提到雨野，他何止不擔心，反而還有些欣慰似的帶著一絲羞赧嘀咕：

「……哎，不過…………假如是跟上原同學，即使被誤會，我大概……也不介意吧。呵呵。」

「都叫你不要糟蹋原本該給女角用的台詞了！再說我就揍人——」

「扣一分，機器祐。」

「啊啊！我的頭髮～～！」

滿不講理的處罰讓我失去了一根頭髮……喂喂喂，照這套標準與步調拔下去，我看……

「……機器祐的頭，究竟會不會迎來頂上無毛的命運呢！」

「我覺得自己格外有意願盡速解決走失兒童的問題了！」

這裡有一場輸不得的戰鬥……太恐怖了，機械祐採用的懲罰制度。

總之我們六個別無頭緒地在周圍繞了一圈看看，但……當然不可能這麼容易就找到美衣的媽媽。

結果走了十分鐘左右，來到街上供人休息的小型廣場以後，光正就疲倦似的晃到長椅旁坐了下來。

我們只好停下腳步，光正便一臉懶洋洋地望著我們。

「……總覺得，這樣果然沒什麼效率嘛。六個人聚在一起有意義嗎……」

美衣毅然回話：

「即使爆掉一機，還有五機的庫存，我會覺得很放心。」

「欸，當我們爆掉一機時，狀況就已經夠慘了吧。」

光正如此吐槽，美衣卻顯得毫不在意。她心情頗佳似的在我頭上玩著「頭髮操縱桿」。

於是，加瀨學長同樣停下腳步，還扶了眼鏡對光正的話表示贊同。

「的確，這種效率低落的遊戲方式，我也覺得是敗筆。」

「哦，你滿上道的嘛，呃……感覺會被安排在第三場戰鬥低調落敗的學長。」

「我叫加瀨！還有，我說雨野景太！你弟弟不懂禮貌嗎！」

「對、對不起，加瀨學長。呃……應該說，他平時並不會這樣……不，他跟我講話毒歸毒，但是對外會比較和善才對。光、光正，你這樣不行吧！」

「……哼。」

雨野疑惑地不知如何是好，光正則背靠長椅，彷彿事不關己地仰望天空……原來這傢伙一旦顯露出本性就會對人冷漠到底，某方面來講也算爽快乾脆。

於是，加瀨學長死心般對光正的那種態度嘆了氣，然後繼續說：

「總之，目前的尋人效率極為低落，這是事實。原本我會希望分出另一隊人手……」

而我把話接著說下去：

「畢竟只有美衣曉得母親長什麼樣啊。」

「不是母親。她是我媽媽。」

突然間，美衣表現出謎樣的堅持。「是是是，媽媽才對。」這麼敷衍的我又繼續說：

「話雖如此，要是把事情反過來處理，由我們用『請問美衣小朋友的媽媽在不在！』的方式在街上喊人——」

話才說到這裡，她就換成扯我頭髮了。

「我有說過，不想將事情鬧大吧？」

「「對喔～～……」」

我、加瀨學長、光正、雨野四人束手無策地嘆氣……此時，雨野「咦？」地歪過頭。

「對了，三角同學人呢？來到這座廣場以後，好像就沒有看見他……」

「「咦？」」

被他一說，我們才發覺並東張西望起來。

……我跟那傢伙的交情不深，即使如此，還是有股難以抹拭的壞預感。我之所以會有預感，都是因為三角帶美衣過來時也是照這種套路——

「啊，找到他了！」

——這時候，光正比誰都先發現三角而出聲喊道。跟蹤狂果真不是當假的，眼睛實在夠尖。

我們朝光正指的方向看。於是，我們就在那裡發現了三角的身影，而且——

「「…………」」

——不禁都說不出話了。

攤在眼前的光景……讓四個男生和一個女童都吭不出聲音，只能直冒冷汗。

之所以如此……

「「（感覺才一轉眼，三角那傢伙……就被看起來明顯「有隱情」的佩刀黑髮美少女逼到旁邊去了耶！）」」

…………

「「…………」」

四個男生吞下口水，望向彼此的眼睛。

……他那邊……顯然有棘手的氣息迸發出來……我們不想扯上關係。不該有牽扯。那絕對不是目前該牽扯上的故事情節，希望三角能獨自去應付問題。

〈拉……〉

弄到最後，連美衣都看出「氣氛」而拉扯我的頭髮……呵，用不著妳來指揮啦，美衣。

現在，我和美衣……不，我們五個人都是一條心。

剎那間，我們就一起轉身背對三角，然後暗自嘀咕「保重」，瀟灑地當場離——

「啊，各位！不好意思！這位女性表示『不協助任務的話就要連我的朋友一起殺』而且都勸不聽，接下來能不能請你們配合一下——」

「你們自己去忙就好了啦～～～什麼見鬼的主角命格嘛啊啊啊啊啊啊啊啊！」

「咦咦！各位在生什麼氣？不、不說那些了，快點！她是滿認真地要砍我的頭耶！看吧，她拔刀了！」

「你跟女角牽扯時多少要挑一下對象啦啊啊啊啊啊啊啊啊啊！」

——就因為這樣。

我們暫時停止替走失兒童尋親，還浪費了約十五分鐘淌渾水。

＊

「雖然只有當配角的份，即使如此，這仍是人生中最豐富的十五分鐘……」

那之後過了十五分鐘，我們總算回到跟剛才一模一樣的廣場了。

我、光正、雨野三個人都大感吃不消地往長椅癱靠。

美衣也是，她依舊騎在我肩上，還累得把全身往我頭上靠。

「喂喂喂，太丟人了吧，你們幾個。」

然而，加瀨學長卻用「受不了」的調調低頭看過來。

眼鏡一亮的他接著又說：

「跟三角待在一起……會那樣可是家常便飯喔。」

我們齊聲對他這句話吐槽：

「「不不不不不，到最後好像連世界都差點滅亡了耶！」」

「常有的事。」

「「才沒有！」」

當我、光正、雨野、美衣傾全力瞪著加瀨學長時——

三角就事不關己似的「啊哈哈」地笑了笑，還獨自仰望天空。

「不過你們想嘛……她能順利回到『未來』，實在太好了……」

「「原來故事情節有那麼浩大嗎！」」

我們全是局外人，因此根本沒有去追主線劇情。唉，即使如此，還是遭遇了八次左右的絕命危機……更驚人的事實是這段扎實的內容都發生在區區十五分鐘之間。

雨野一副累得吃不消的樣子嘀咕……

「最後……三角同學好像還被那個美少女親了一下臉頰……」

「唔哇～哪招啊，誰受得了陪他這樣耗。」」

我跟光正「呿」地開口咒罵。在這十五分鐘內，我們對於「配角」的心境已經體會到煩了……被牽扯進的風波說有多麻煩就有多麻煩，報酬卻大多都被主角捧走，當配角未免太苦了吧。

這時候，加瀨學長摘掉眼鏡，拿布使勁擦拭起來。光正茫然望著他那副模樣……一邊低聲咕噥：

「……拿掉眼鏡以後帥氣度暴增……說真的，這個人也是，為什麼當『配角』當得這麼稱職啊……」

連美衣都在我頭上對光正發的這句牢騷點了點頭。

「剛才，我有看見喔。岳人哥哥在最後……用長長的火槍把敵人砰掉，拯救了面臨危機的瑛一哥哥。」

「「配角當成這樣太神了吧！」」

加瀨學長好詐！完全懂得自己的定位！跟三角瑛一混得超熟的！像我們在這次，戲分根本就只是「路人男學生」和「跟其他情節有沾到邊的女童角色（客串演出）」而已！

當三個男生（其中一個肩上依然坐著女童）都乏力地把背靠向長椅時，絲毫不顯疲態的三角就重啟新局似的拍了拍手。

「好啦，各位，我們再開始幫美衣找媽媽吧！」

「「…………呃，總覺得小朋友走失這種事情，已經沒什麼重要了吧？」」

「不對吧，還是很重要啦！各位在講什麼！應該說，怎麼連走失的美衣自己都覺得事情不重要了！」

「瑛一哥哥……我領悟到了。家人還有家庭……其實都是小事！即使一個人，我也會堅強活下去！」

「妳悟解的方式錯了啦！對、對不起喔，居然讓各位捲入足以讓小朋友改變人生觀的奇怪風波……」

「「就是啊。」」

除了三角以外的所有人異口同聲抱怨。「唔唔……」他表現出退縮……唉，再瞎耗下去的確也沒用，因此我們打起精神重新振作。

……方才的體驗，可以當成看了一集輕小說原作的深夜動畫打發掉。就這麼辦。

我問了待在頭上的美衣。

「然後呢，美衣？接下來要到哪裡找？妳有沒有什麼頭緒？」

「關於這一點，機器祐，說來非常難以啟齒就是了……」

「？怎樣？事到如今，還跟我們客氣什麼……」

我們歪過頭……美衣就怯生生地告訴我們：

「……我跟媽媽明明是在遊樂場前走散的，和那間遊樂場離太遠……我覺得不好耶。」

「「簡直有理到不行！」」

五個男學生的聲音重疊在一起。美衣表現出退縮，我們則無奈地看向彼此的臉……然後就從長椅上起身，開始折回遊樂場。

我踏著沉重的腳步，朝頭上的女童搭話：

「哎，實際上，我們本來就沒有打算走得更遠啦。」

「啊，是嗎？對不起，我真是的，還認定大哥哥們是一群完全『沒有用的傢伙』，內心都陷入絕望了。」

「妳的說法才讓人絕望啦。唉，不過妳放心，照目前的情況，在搜索活動中真正『沒用』到扯大家後腿的，只有那見鬼的主角命格。」

「…………啊哈哈。那、那是在說誰呢……我都想不到耶。」

三角綳著臉笑了起來……可憐歸可憐，但我們被迫淌的混水也夠多了，挖苦他一兩句也不至於遭天譴吧。

我們六個開始沿著來時的路往回走……弄成這樣，我已經搞不懂之前是為了什麼才離開遊樂場了。只是出了點力氣拯救世界而已嘛。

六個人不經意地停下對話，就這麼走著。一回神，太陽已經要下山了。

「…………」

至今一直都我行我素又活潑的美衣難免也在我的肩上洩氣起來。我們所有人當然都有注意到這一點……卻擔心隨便開口安慰會對心態成熟的她有反效果……那樣反而更慘吧，一想到這裡，每個人都遲遲不敢開口打圓場。

……除了一個人以外。

唯獨某個公認不長眼的落單電玩咖照樣敢開口。

「像這種時候，我會覺得真希望有箭頭呢。」

「「…………啥？」」

雨野講了有些莫名其妙的話，使得所有人偏過頭。

可是雨野好像沒有把我們的反應放在心上，還繼續說：

「你們想嘛，開放世界型的ＲＰＧ常會有那種設計。在地圖畫面上設定目標地點以後，回到實際的遊戲畫面時，主角頭上也會有指路的箭頭顯示：『目標地點大概在那個方向喔～』不瞞你們說……在我希望現實也能有的遊戲機能中，那列於第二十七名。」

「「沒想到這麼低！」」

「呃，因為在現實生活也有效能滿高的導航程式啊，用智慧型手機就能做到類似的事。所以老實說，我並沒有那麼迫切地希望。」

「「…………」」

我們內心瀰漫著一股「不然你聊這個幹嘛」的感覺……雨野好久沒發作了耶。他這種調調，正是御宅族只顧自己有話要講，也不管話題有不有趣就突然聊起來的獨特毛病。我還以為雨野的溝通能力在最近大有長進……但本質上好像還是一點也沒變。

雨野都不理我們冷掉的反應，還帶著笑容繼續說：

「然後談到第二十六名，你們覺得會是什麼呢！」

「「還要繼續聊這個嗎！」」

我們實在不得不吐槽。雨野就呆愣地擺出看似意外的臉。

——這時候……我忽然發現了。把我的頭髮當操縱桿握著的小小手掌……恢復了一絲力氣。

「受不了……景太哥哥果然也是沒有用的人呢……」

果然，美衣雖然在嘆氣，先前散發出來的悲傷氣息卻已經消失了。

「（雨野……難道說，你算準了她會這樣？）」

我佩服地看向他。然而，要說到雨野本人……

「第二十六名……是『不消耗回合數的裝備變更系統』！」

「「感覺好弱！」」

「咦？不不不，其實驚人的點在於無須花時間就可以換好衣服——」

……果然，他看起來活像一點思慮都沒有又宅氣沖天的傢伙……不對，與其說看起來，那肯定就是事實才對。起碼那並不是「演出來」的。他那張臉，就是打從心裡樂於聊這些的傻瓜才會有的表情。

不過，正因如此……美衣坦然地對他感到傻眼並且笑了出來，這也是事實。

當我用一半傻眼一半佩服的眼神望著雨野時，忽然間，在他背後溫柔微笑著的光正就進入了我的視野。

「（……原來那傢伙也會露出那麼溫柔的臉色……）」

儘管在我眼裡，對光正只有老是開口損人的印象，但他對哥哥懷有的敬意似乎還真有那麼一回事。

我看了光正那格外溫柔……不，我看了他那好似在「緬懷」什麼的表情，便察覺到一些端倪。

「（原來如此。的確……雨野絕對不是靈光到會「算計」這些的男生。然而，或許他也

未必就「什麼思慮都沒有」。）」

那肯定是他在跟弟弟一起玩鬧之間所培養出來的「某種特質」吧。

而那種特質，就讓美衣和光正……不對，還有我和天道，都得到了救贖。

如此思索的我不免對這位值得尊敬的好友另眼相看——

「然後，第二十五名是……！」

「「有完沒完啊！」」

——本來是想要另眼相看啦，不過還是算了。嗯，果然雨野的這些舉動，十之八九就只是做人不長眼罷了。假如要為美衣打氣，他也完全誤判收手的時機。實際上，美衣現在抓著我頭髮的手已經用力到像是認真感到不耐煩了！我的頭髮快被連根拔起了啦！

「……哎，大哥……」

另外，陶醉地看著哥哥犯傻的光正也還是讓人覺得滿噁的！剛才我還形容得像動人的兄弟情，但是當我沒說！這對兄弟對於喜愛的事物，就只是示好過度又讓人噁心而已！

於是在東拉西扯間，一回神，我們就回到遊樂場前面了。

為了避免礙到其他人，我們窩在面對馬路而少有人玩的夾娃娃機旁邊。受到日曬的巨大布娃娃都向著我們，視線裡帶有某種同情的味道。

歇了口氣以後，三角就無奈地聳聳肩說：

「結果毫無收穫耶。這下子，總還是得找警察……」

「……」

美衣緊緊揪住我的頭髮……來到這一步，她也就沒有強硬反對我們找警察了。

「「……」」

凝重的沉默橫越我們五個之間。夾娃娃機播放的旋律既歡樂又陳舊，讓我們的心情更為黯淡。然而，在如此絕望的氣氛中，最早「完成切換」的人——沒想到既非光正也非加瀨學長，而是雨野。

他輕輕拍了下手，帶起話題：

「嗯。既然這麼決定了，就乖乖去派出所吧，各位。實際上，美衣的媽媽或許也已經到那裡了。我問妳喔，美衣，這樣可以嗎？」

「咦？啊，好的。我覺得……沒有問題。」

「嗯，決定了。那我們走吧。」

雨野開朗地如此開口以後，就往派出所瀟灑走去。儘管大家都有些困惑，還是受了催促似的跟著他走……唯獨我有所牽掛，忍不住就抓住雨野的手臂。

「雨、雨野？」

「嗯？怎麼樣，上原同學？」

雨野極為平常地……愣愣地朝我回過頭。當美衣在我頭上不解似的凝望而來時，我……連自己想做什麼都不明白，就對他問道：

「雨野……我說……你、你是怎麼了？」

「？我怎麼了？你是指什麼？」

「咦？啊，沒有啦，就是……」

連我都不懂自己的問題有什麼用意……我到底想問什麼？

我的目光游移了一陣子，然後才勉強擠出聲音問：

「總覺得……那個……你今天……做決定好像特別快……」

「會嗎？可是，因為……」

雨野帶著一副不知道自己到底被怪罪什麼的表情對我說明：

「既然知道這是我們處理不來的事情——現在我們就不應該過度插手，把事情拖久了，對美衣和她媽媽也不好吧。」

沒錯，從他口中吐出的話語——合理得讓人無法吭聲。

彷彿要證明那有多正確，連在旁聽著的加瀨學長也贊同雨野說的話。

「上原祐，難得我也對雨野景太完全感到同意。事情發展至此，接下來就應該盡快找警察才對。我倒是疑惑你打算怎麼做？上原祐，難道你想說我們幾個應該自食其力，再幫她多找一下『媽媽』？」

「咦？沒有，並、並不是那樣…………要去派出所，我也大力贊成。對此我完全沒有異議。」

「不然，你為什麼——會這麼用力抓著雨野景太的手腕？」

「咦？」

被他一說……我才發現自己將雨野的手腕握得比想像中更緊。

「抱、抱歉！」

我急忙放手。雨野跟平時一樣溫柔笑著說：「完全不要緊喔，上原同學。」原諒了我。

……嗯，雨野跟平時一樣。平常我們再怎麼互虧，在要緊事上，他仍然會由衷體貼地對我微笑……我的好朋友，雨野景太，就是這個樣。

「呃……抱歉，雨野……我只是……」

我不懂自己做的事有什麼意義，忍不住低下頭……於是，頭頂就閃過一陣刺痛感。

「好痛。」

「扣一分，機器祐。」

美衣似乎又拔了我一根頭髮……受不了。但是，多虧如此……她幫到我了。

「妳這個操縱者，可別得意過頭！」

「哇！呀啊……啊哈哈哈哈哈！請、請你住手，機器祐！從、從底下朝側腹部搔癢，太狡猾——哈哈哈哈哈哈！」

「怎麼樣，認輸了吧，接招，接招！」

多虧美衣，我擺脫掉了變得不對勁的氣氛。

「真是……好了啦，你們兩個，要走嘍。」

雨野苦笑以後再次轉向前，其他成員為了跟上去也邁出腳步。

我把因為剛才「搔癢」而東倒西歪的美衣重新扛好——不過趁她放鬆戒備，我就乘勝追擊朝她的側腹部多搔了幾次癢。

「啊哈，啊哈，啊哈哈哈哈！我、我不行了，啊啊……嗯！」

於是到最後，美衣酥軟地癱在我的後腦杓上，甚至發出女童不該有的嫵媚聲音。

……啊，糟糕。這下子，我有點誤判收手的時機了，嗯。弄成這樣……看在其他人眼裡，不就準備報案了嗎？

我恢復鎮定後，趁著還沒被周圍誤解就準備從美衣的側腹部收手——

「嗨～～那邊的蘿莉控。很抱歉，『那個』是歸老娘所有的。」

——剎那間，我的身體被人從背後用冰矛貫穿了。

「「…………」」

無情、冰冷、銳利、充滿了敵意，口氣粗魯得像男人一樣的——女性嗓音，讓我不禁產生如此錯覺。

從後面傳來的那陣說話聲並非朝著別人，就是針對我們幾個。

「欸，帥哥，你有在聽嗎？再慢吞吞地不回話，我就要動手嘍，可以嗎？可以吧？老娘可是會把沉默當成ＹＥＳ的喔。」

「「…………」」

——承受了這股過猛的威嚇氣息，不僅是我……連走在前面不遠處的雨野他們頓時也停住了。

彷彿中了定身術，我們完全動不了……以往我也經歷過幾次「肅殺」的場面，像這樣感受到「認命」卻是頭一遭。

這並不是怕死或怕被殺的單純情緒，有種「已經做什麼都沒救了」，只好被迫屈服的感覺。過於絕對的暴力氣息。

……持續散發出這種氣場的女性又在我們背後進一步說道：

「關於你的性癖好，我是不想管啦。但很不巧，『這個』的『所有權』是歸老娘的……

我說啊，你應該懂吧？自己最愛的玩具被人用髒手摸來摸去——世上有誰不會壞了心情？」

「「…………」」

一回神，不只我，連雨野和光正……不，甚至連理應身經百戰的加瀨學長以及三角，都緊張得頸子冒汗了。

——這已經不是對方敵意有多強的問題，恐怕她這個人本身就是超乎常理的——

「向後轉，機器祐！」

「痛痛痛痛痛！」

——接著，宛如要打破這嚴肅無比的氣氛，頭髮突然被硬扯了一把的我儘管痛得不成人樣，還是為了逃過皮肉之苦，就把醜兮兮的臉轉到後面去了。

「上、上原同學？」

雨野等人彷彿受我牽引，也跟著把頭轉過來。

於是……在一陣兵荒馬亂中瞻仰到的造成我們「恐懼」的真面目是——

「「……咦？」」

在我們齊聲表示疑惑的同時，我頭上的女童就用今天最有精神的聲音大喊：

「——媽媽！」

美衣喊的這句已經可以預測到大概……即使如此，我們還是……

「「……咦？」」

又一次五個人異口同聲發出跌破眼鏡的驚呼。

這是因為……擋在我們面前的女性那散發著過人存在感的身影——

「好啊，美衣，居然當眾叫老娘『媽媽』，說實在的，妳這小孩還是一樣無可救藥教都教不會。」

——是個外表看起來跟我們差不了幾歲……頂多也就二十出頭，有著吸睛的神祕白金色中長髮，年輕貌美的女性。

＊

「哎呀，真抱歉。誰曉得你們幾個是在替老娘『保護』美衣，料也料不到啊。光從外表和舉止來判斷別人，這樣不行。」

佯裝賠不是的她順口嫌了我們幾個的外表和舉止，一面又說：

「關於那所謂的『保護』，在老娘看來除了不知天高地厚又多管閒事，倒是什麼都算不上……話雖如此，單就誤會這一點來講，千真萬確是我不好。如你們所見，對此應該要深深反省，並且低頭謝罪…………美衣她會代替老娘做這些。」

「噫？……呃，我、我媽媽，對各位失禮了，這樣說對嗎？」

被人從旁邊一把抓住腦袋，莫名其妙地代「媽媽」低下頭的女童——美衣。

「「…………」」

對方這樣謝罪，我們五個男生也只能茫然地杵著不動。

從遇到她……美衣口中的「媽媽」以後，大約過了五分鐘。看來她總算是正確理解狀況了，然而——我們幾乎都還沒辦法發言。

之所以如此……

「不過老娘認為，你們其實也是構成問題的一環啦。基本上，在學的高中男生放假出來混，氣氛應該要輕鬆有活力一點吧。而你們是怎麼搞的，滿臉死氣沉沉。一群男學生在假日圍著女童還擺臭臉聚在街上，沒有比這更詭異、難看、滑稽而讓人不愉快的了。你們說是吧？這樣一來，我會誤解也是難怪嘛。

……嗯，果然不管在腦裡模擬幾次，我這麼講都有理有據，正確率起碼有九成。只不過憾就憾在以這次案例來說，屬於例外的那一成才是正確答案。話說是要怎麼樣的陰錯陽差，

才會讓五個男學生在假日擺著那種臉圍住女童啊？」

「啊，那是因為——」

「噢，用不著交代，我都算得出來。既然你們幾個不是混混，剩下的可能性大概就一種。說穿了，真相就是『平常不算要好的一群人，碰巧被走失的小孩串在一起』這種又蠢又擾人的鳥事吧？怎麼樣，我有說錯嗎？」

「…………咦？啊，是的，正如妳所說。」

「那太好了。至於下一個疑點——」

……她都像這樣一事通就事事通。

「媽媽」淡然地秀出推理以後，到最後總會莫名其妙地漂亮說中，我們跟美衣頂多只能回答：「是的，就是這樣。」她聽完又會擅自推敲並掌握狀況……前後幾分鐘內，我們一直在重複這套流程。

所以說，這個「媽媽」叫什麼名字，還有「之前她人在哪裡」等等「我們想知道的情報」，就一項都無法得知，而且氣氛也不容我們問。

站在旁邊的雨野把臉湊過來我耳邊，低聲向我嘀咕：

「我總覺得……自己好像變成了這個人操作的角色……」

「我也有同感。我們被容許的發言只有『是』或『不是』。而且與其說是我們的選擇，感覺連這幾乎都是她逼我們選的……」

還有，她的氣質固然是頗為粗魯，但講起話來其實都頭頭是道，結論更準確到嚇人。所以對我們來說只有機械性地回答「是」才屬上策，當中不需要任何我們的思考或意志。換句話說，某方面而言是「輕鬆」的。我們什麼事都不必做，這個「媽媽」就會自己導出「完美的正確答案」。但是……

「（……總覺得從某方面來看，這樣會讓人變得一無是處耶……）」

我重新觀察在我遇過的人當中，大概最接近「魔王」這種概念的這個暴力性存在——也就是「媽媽」的外表。

首先會吸引目光的，當然就是光澤會讓人想到白金的銀髮。一瞬間我曾聯想到天道的金髮，然而從髮際的一絲絲黑色可以看出她似乎是染的。不過，其五官十分端整，加上連眉毛都細心地染了色，完全沒有流露出「日本人還硬要裝」的氣息。至少我是第一次看到日本人把頭髮染成前衛色彩感覺還這麼搭。修長得讓人想到海外頂尖模特兒的體型，應該也替那頭銀髮添增了一份說服力吧。

但……讓我不解的是，她的那套服裝。

……呃，她並沒有穿什麼奇裝異服，要說合不合適，可以說再合適不過，有型又好看。

嗯。只是……

「（……為、為什麼，她會在街上穿著一身空服員的制服……）」

而且還邋遢到前所未見的地步。以形象來說，像昭和年代的高中不良少女，可是她那套「穿搭」技巧卻亂有型的，到頭來還比一般的空服員更瀟灑入目，跟寶塚的男角一樣有「亮點」。

所以，一瞬間我還以為那是「角色扮演」之流，然而制服的料子卻毫無廉價感。倒不如說，連最近才在家族旅行搭過飛機的我看了都有種「啊，這是正牌貨」的印象。恐怕是真品吧。嗯……………

「（在街上看到這套制服，感覺超突兀的。應該說，就算是真品，也會讓人疑惑在街上那樣穿行嗎？正常來講是不行的吧？那八成不是讓人在私生活穿出來走動的吧？要說的話，空服員可以把頭髮染成白金色嗎？唉，特色也塞得太滿了啦。）」

種種疑問充斥於所有男生的腦子裡無從化解。但……情況就像這樣，根本輪不到我們講話，男生們的疑問始終懸在那邊。

……而且，更重要的是——

還有另外一點會讓人對她感到好奇……這恐怕只有我特別介意。

之所以如此……

「（總覺得……她的長相說起來倒是跟誰也有點像……似像非像的……）」

坦白說，跟她有血緣關係的美衣也讓我有一絲這樣的印象，但是對「媽媽」就更加顯著了。

「（換句話說，「媽媽」以年齡層來說，比美衣更接近……我覺得相像的那個人？）」

……………不行，想不出來。起初我沒花腦筋就以為是天道，但總覺得不對。呃，只看「氣質」確實跟天道相當接近，像的卻不是這一點，應該更單純，就是外表上相像——

「——所以嘍，恕我們就此失陪。掰。」

「咦？啊，好的……………咦！」

當我們還在發呆時，那位「媽媽」就俐落地牽起美衣的手要走。我連忙繞到她們面前，然後告訴她：

「不不不，走得這麼乾脆啊！請妳等一下啦！」

「？怎麼？啊，因為你們把失物送還，就想討一筆錢當謝禮？」

「媽媽」講話這麼挑釁，我難免就火了。但是……我看了美衣的臉，便設法克制住自己……然後沉靜又力道十足地提出主張。

「至少讓我們跟美衣道別幾句，好不好？」

「啊，原來不是要錢嗎？那可真抱歉。喏，我向你賠罪。」

這位「媽媽」說著便意外坦然地朝我低下頭。

「不、不會。呃，那麼……」

儘管我有些跌破眼鏡，仍當成對方已經允許，就蹲到美衣面前對她笑了笑。接著，當我準備在最後摸一摸美衣的頭時——

「但儘管如此，老娘還是不會容許你們跟她『道別』。」

「什——」

——就撲了個空。「媽媽」似乎粗魯地拽了美衣的手。

「媽媽」冷冷俯視啞口無言的我，並且淡然以告：

「對於你們保護了美衣這一點，我是可以感謝啦。不過『你們這些人是否夠格與美衣來往』跟那是兩碼子事嘛，你說是吧？受不了……到底在自負個什麼勁兒啊？你們這群滑稽的傢伙。」

於是，「媽媽」不僅對我，連對背後的雨野等人也投以看似瞧不起的目光。對此我終於也忍不住了，就起身逼向「媽媽」，好似隨時會跟她扭打起來。

「妳、妳這個人！」

「態度暴力。扣一分，少年。」

「！」

令人不甘的是，她那種口氣跟美衣有幾分類似……我的銳氣就被削去了些。而且趁著這個空檔，之前都靜靜旁觀的美衣就說：「呃，媽、媽媽！」還有些著急地拉了她的手。

「我、我也想和大哥哥他們道別耶……」

「………」

這次，「媽媽」不僅對我們，甚至也對身為親人的美衣投以冷冷目光。

美衣吞口水吞到一半時……「媽媽」經過短暫思考才點了點頭。

「行啊，既然說要道別的是妳而非別人，那也沒辦法。准妳去。」

「謝、謝謝妳，媽——」

「不過呢，美衣，只准妳單方面跟他們道別，依舊不准有『交流』。被那些臭傢伙手上的油沾到也就罷了，連心靈都被玷汙的話，老娘可受不了。」

「咦，可是——」

「美衣——妳的『所有權』是歸誰來著？」

「…………唔……是、是歸媽媽。」

美衣低著頭答話……原來如此，她偶爾會講出「所有權」這種不像小孩用的詞，就是受了這個「媽媽」的口頭禪影響？……實在是讓我不爽。

「好吧，准妳道別。啊，對了，時間要定個段落才行。那麼，從妳開口算起三十秒以內就要給我了事，懂吧？」

「媽媽」說著便讓到一邊，然後慢慢開始望著手錶……看來她似乎真的在計時三十秒。

「「…………」」

我們這群男生都被那異常的模樣嚇到了……看來她好像跟所謂的「人渣父母」也略有區別。不只對美衣，感覺她對所有事都有某種貫徹的理念……

接著，美衣就低下頭說了起來：

「各位，今天辛苦了。任務就此結束。」

「「…………」」

我們都想回話，「媽媽」卻像運動裁判一樣嚴格地盯著，因此也無法如願……這麼不通融……以氣質來說果然會強烈聯想到天道……雖然她比較明理。

在如此異樣的狀況下，美衣又繼續說：

「還有，對不起喔，機器祐……沒辦法帶著你直到爆炸的『重頭戲』。」

「…………！」

想吐槽的念頭使我頻頻抽動臉頰……美衣咧嘴賊笑。這、這傢伙……！她居然一下子就開始利用這套沉默的規則！「媽媽」的血統果然厲害！

美衣又繼續說：

「順帶一提，其實『媽媽』並不是美衣的『母親』，而是……」

「「…………」」

「啊，我看這個話題還是說到這裡就好。」

「「（居然吊我們胃口！）」」

雖然以年齡和氣氛來說確實也不像母女啦！幹嘛搞得這麼神祕！

美衣看五個男生悶哼……就純真無邪地哈哈大笑。

「真的謝謝你們，大哥哥。我……玩得很開心喔！」

「「！」」

「再見，各位大哥哥！」

美衣在最後這麼說完就大大地揮了揮手，然後跑到「媽媽」跟前。

「……真的總結成三十秒整啦，不愧是老娘的所有物，美衣。老娘心裡對妳的評價就往上加個五分吧。」

「媽媽」說著便格外溫柔地摸起美衣的頭，美衣害臊似的變得羞答答。

「嘻嘻～～哪裡哪裡，媽媽。」

「……嗯。不過妳沒有改掉對我的稱呼，這件事要扣個二十分。」

「咦咦！感覺分數是不是扣太多了！」

美衣就這樣跟「媽媽」有說有笑地牽著手，然後離去。

「「…………」」

對此，我們很懊悔什麼話都搭不上……可是……正因如此，相對地，我們所有人都用力揮手回應，勁道不輸剛才的美衣。於是，大概是熱情換來了回報，美衣在途中一度回過頭，偷偷地瞞著「媽媽」朝我們揮了手回應。光是這樣……我們就欣慰得不得了。

「「……………呵呵。」」

我們幾個全都忍不住露出充實的笑容……沒錯，「全都」忍不住…………

「「…………！」」

我、雨野、三角、光正四個人不禁回頭。於是在那裡……加瀨學長稍微放鬆臉色，又急忙板起臉改回原本的表情，還咳了幾聲清嗓。

「……總、總算把問題解決了嗎？唉，清靜多了。」

「「是啊，沒有錯——」」

「喂，你們幾個幹嘛露出那種溫馨的眼神。別這樣。」

「「也沒有為什麼啦………岳人哥哥。」」

「很好，我們開戰吧。」

一瞬間，加瀨學長就鏘啷鏘啷地掏出不知究竟從哪裡變出來的槍械（但願那是模型槍）。我們幾個全都卯起來安撫他。

於是在場面多少緩和下來以後，三角又大口嘆氣，埋怨似的嘀咕：

「不過那位『媽媽』……是什麼人物啊？雖然這麼說不太禮貌，但是用『暴君』來形容她正貼切呢。應該說，她有種跟加瀨學長類似的味道……」

「三角，你這臭小子是怎麼看我的？不過讓人懊惱的地方在於，你的說詞倒不是無法理解。看她那樣……的確應該屬於跟我同一類的人種。」

「？學長是指哪一類？」

三角愣愣地偏過頭，加瀨學長便淡然回答：

「一有機會就要把『鬥爭』夾帶進每件事，到最後非得逼對手屈服才會罷休的強者。如果要比喻——就是驚天地泣鬼神的那種人。」

「「………」」

他的話讓我們一瞬間屏住氣息…………接著過了幾秒以後，所有人便同時嘀咕：

「「這麼大方地說出光聽就覺得羞恥的比喻……」」

「好，你們這些臭小子排到一邊去，我來執行槍決。」

「「你來執行槍決。」」

「……！找、找死！」

終於動真格發火的加瀨學長又撲向我們，我們則是鬧哄哄地一邊起鬨一邊到處逃。儘管鬧劇如此上演著……其實，我們都發現了。

「（喜歡把鬥爭夾帶到每件事嗎……）」

學長那些話可說是一語中的，讓人無法不故意跟他打哈哈。走錯一步，我們就會跟那個人「起衝突」——倘若如此，應該難保不會落得跟美衣不歡而散的下場。

我們一直逃到加瀨學長氣消以後，才又回到遊樂場的入口前集合。

接著，我咳了一聲清嗓，然後代表現場的眾人宣布解散。

「呃～～不管怎樣，走失兒童的問題順利解決了。各位，我們就此解散吧……大家辛苦了！」

「「是～～辛苦了～～」」

五個男生就這樣帶著輕鬆的調調解散。跟美衣那時不一樣，解散得毫無感慨可言。畢竟五個人當中有四個讀同一所高中，剩下那個還是雨野的弟弟，感覺道別也不太需要惋惜。

「喂，三角，所以你要推薦給我的遊戲在哪裡？」

「對喔，差點忘了差點忘了。在這邊，加瀨學長。」

接著三角與加瀨學長馬上就為了達成「原本的目的」，走進眼前的遊樂場。

不經意地目送他們的背影以後，光正便這麼對我開口：

「然後呢？在我哥身邊當綠葉的這位，我們要怎麼解決？」

「誰跟你當綠葉？老實說……拖到現在，我也沒心情跟你對戰啦。」

「就是啊，我也一樣。那麼……可以解散了是吧？」

「對啦，就這樣。那我也按照原本的目的，買一買東西就要回家了……」

話一說完，我看向旁邊的雨野。

「你打算怎樣？還是說，要撥點時間陪我——」

儘管我正要提議，雨野卻立刻搖了搖頭。

「啊，抱歉，上原同學。我想直接回家，不做任何多餘的事情。」

「是……是喔？那就算了……」

我打消主意以後，雨野就直接找光正搭話。

「啊，光正要不要一起回家？」

「咦？啊～～……我、我也在街上多晃一下再回去好了。」

大概是還想「動手腳」吧，光正回答得不甚俐落。

雨野卻沒有對這一點吐槽太多，說了聲「是喔」就著實乾脆地退讓了。

「晚餐前要回家喔，光正。」

「好、好啦。」

「那麼……兩位，再見。」

「「再……再見。」」

我跟光正兩個人目送雨野淡然……又瀟灑地離去。

…………

於是，等到看不見他的身影以後……光正很難得地對我用嚴肅的語氣開口：

「……上原學長，今天……我家大哥給人的感覺如何？」

「咦？什、什麼如何……」

當我不懂對方在問什麼而遲疑時，他就語帶嘆息地細聲嘀咕：

「……我總覺得……以大哥在的情況來說，事情沒有攪和得比想像中複雜……」

「……咦？」

被他一說，我才警覺過來……的確，或許是那樣沒錯。今天，那傢伙確實捲進了麻煩，也有幫忙奔波出力解決。可是……就這樣而已。尤其是「現在回想起來」，會讓人感覺不對勁的地方在於……

光正望著雨野離去的方向嘀咕：

「尤其是美衣的那位『媽媽』。我本來以為像她那樣，絕對會跟大哥起爭執……」

「的、的確……」

說起來，有的場面連我都差點發飆，雨野今天卻格外安靜……

光正大大地嘆息。

「哎，我並不是希望大哥惹麻煩喔。實際上，今天大哥要是去頂撞那位『媽媽』，包括美衣在內，大概所有人都會困擾。可以說他做了相當明智的判斷。」

「也是啦……從這方面來說，雨野不是有了長進嗎？」

「長進是嗎……你說得對……」

我跟光正兩個人如此下了結論，心裡卻都有股不太能釋懷的疙瘩……那傢伙今天的行動確實都是「正確」的，正當無比。他沒有惹出多餘的麻煩，話雖如此，又不至於對他人欠缺著想，稱其做人「有所長進」肯定也不為過……理應是這樣。

…………

我突然想起一件事，就對旁邊的光正嘀咕：

「對了，雨野他……在短期之內，好像要節制跟亞玖璃見面。」

我報告的內容讓光正笑逐顏開地回答：

「哦，那真是好消息。我也有把亞玖璃學姊當成大哥的『朋友』來尊敬，話雖如此，有可能礙到千秋學姊的變因自然是越少越好。」

「嗯，應該是這樣啦，對你而言。」

「上原學長還不是一樣，對女友……不，前女友吧，總之，對意中人瞎吃醋或瞎操心的機會減少了，不是可喜可賀嗎？」

「……算是啦……從這方面來說，雨野這陣子對所有方面大致上都處理得不錯，嗯。」

「……是啊。」

我們倆的對話自然而然停頓在這裡。

結果，我們也沒有理由多相處，問候個幾句就道別了。

我獨自照著原本上街的目的去逛了男裝。

「…………」

可是，實在提不起興致。

結果我逛了頂多三十分鐘就早早結束，並搭上從車站前開往我家的公車。

我在空蕩蕩的車裡挑了後面的位子就座，還茫茫然地望著已經暗下來的街景，神馳於今天這一整天。

「（雨野景太有了長進……是嗎……啊，對了，不知道美衣到家了沒。）」

當我漫無邊際地思索時，手機就在口袋裡震了一下。拿起來確認，便發現簡訊已經累積了十幾則。

我急忙檢視內容。然而，結果那些幾乎都是來自亞玖璃的「人家接下來要吃點心～」諸如此類無關緊要的日常報告。我鬆了口氣捂捂胸。

……哎，她肯做這些「無關緊要的日常報告」，對正在戀愛的我本身來說，倒也是欣慰到不行啦。

我把關於雨野的疙瘩全忘了，而且內心十分幸福地開始打回訊給亞玖璃。

打到一半……忽然間，在我心裡有個小小的……極其微小，簡直可說無足輕重的發現。

我一邊給心愛的前女友打回訊，一邊在公車上自言自語般嘀咕。

「這麼說來，那位『媽媽』…………跟亞玖璃長得是有幾分像。」

…………

無足輕重到連我本人都很快就忘掉的「小發現」。

當時，我還沒有理由會曉得——那在之後將有多麼重要的意義。

✖天道花憐與高分挑戰

坐鎮於電玩社幾近塵封的置物櫃裡的霉臭味紙箱。

下定決心把它打開來的那一瞬間——我不禁拍手慶幸。

「哎呀，真令人懷念！」

至於跟我同處一室，也沾到了這份喜氣的三名社員……

「…………」

「…………嘖！」

「啊，怎、怎麼了嗎，天道同學？」

三名裡面有兩名無視我，其中一名甚至因為專注力遭打斷而罵我出氣，相當末期的反應。一月下旬，從關不緊的窗戶縫隙流進來的寒意冷冽入骨。

我忍不住嘆氣，這個社團裡唯一的正常人……三角瑛一同學就中斷自己玩的遊戲，來到蹲在房間一角的我跟前。

「妳發現了什麼好東西嗎？」

這麼問的他彎下腰，還探頭看向我打開的紙箱。

對此我回答「是啊」，並輕輕拿起收在裡面的電玩主機之一。

「這款電玩主機，我在小學時玩過，壽命還滿短的……你不認得嗎？」

「是喔……對不起，畢竟我喪失過記憶。」

「對、對耶。真是抱歉。」

三角同學還是老樣子，擁有正常人的教養，經歷卻離譜到極點。

我咳了一聲清嗓，然後拿起主機陶醉地凝望。

「你看這邊，這是插卡帶的喔，卡帶耶！……哎，在光碟興盛的那個時代，還刻意用卡帶來競爭的那種骨氣……令人顫抖呢。」

「呃，我一點也不懂那種浪漫就是了……」

三角同學苦笑以後，稍微切換了話題。

「不過，為什麼社辦裡會有那麼陳舊的東西？天道同學，這個社團不是妳在今年春天成立的嗎？」

「啊，這個嘛，對了，我是不是沒有對你仔細說明過？」

「？妳指的是？」

三角同學不解似的歪過頭。我暫且將主機輕輕放回原位，然後回頭向他說明。

「以前，我想是有稍微談到過，在我像這樣重新創社之前，音吹高中也有電玩社喔。他們可是以實力高強聞名。」

「啊，這麼說來是有提過。不過，據說在妳入學前就已經廢社了……」

「是的，沒有錯。所以，我在一年級時只好到處奔波……主要是在說服加瀨學長和新那學姊耗了莫大的勞力，才勉強讓社團從第二年春天正式復活。順帶一提，這兩位學長姊在我遊說前真的都是『孤傲玩家』，跟上一屆的電玩社自始至終都沒有牽扯。」

「這樣喔……那麼我們跟上一屆社團果真是完全隔絕的耶。」

三角同學有些落寞地嘀咕。然而，我笑著這麼告訴他：

「關於這一點呢，倒也不能一概而論。確實就如你所說，我們跟上一屆完全沒有直接的交流。可是……在物資方面，多少還是有繼承一些東西喔。」

當我說明到這裡，三角同學就靈光一現似的嘀咕：

「啊，難道說，妳是指這間社辦？」

「正是。儘管這裡在我入學時確實已經不是『電玩社』了，不幸中的大幸在於好像也沒有其他社團想用這間空社辦。結果，一直到我讓電玩社復活的那個時候，這間社辦就幾乎原模原樣地保存下來了。」

「原來如此。所以，那個裝了老遊戲的紙箱是……」

「沒錯，上一屆留下來的。哎，由於電玩用品價格昂貴，基本上軟硬體似乎都分配給上一屆的社員了，所剩的東西並不多……不過，看來還是有幾件沒有人要的貨色，就這樣留下來了。」

我說著在紙箱裡摸索。除了剛才挑出來的陳舊主機外，基本上全是些用途不明的繁雜線材……實在很難說是有所收穫。

三角同學從我背後望著那幕光景，同時理解了什麼似的開口嘀咕：

「啊，妳早就料到裡面裝的大致就是這些不上不下的貨色，所以一直到剛才為止都沒有特地去拆封吧。」

在成堆線材中翻找的我說了聲「是啊」並點頭。

「畢竟在一開始有一大堆其他事情要做，好比招募社員。只不過……呃，以這間社辦的慘狀來看，也不容我們那麼說了……」

「是啊……」

三角同學環顧社辦，露出苦笑。之所以如此……都是因為目前這間電玩社社辦，「東西」已經滿到不能跟雨野同學來參觀的時候比了。

軟體與主機自然不用說，還有各種遊戲控制器以及大賽的冠軍獎盃。

手腕出色到不行的社員們會各自在大賽留下成績，再把獎品或獎金全用來充實這個社團的環境，因此這個社團的東西難免就增加得越來越快。

發展到最後……身為社長的我就得親自處理上一屆留下的神祕紙箱，盡可能為社團多保留空間了。

話說回來，發掘出懷舊的電玩主機，對我來說算是意料外的收穫。

我繼續動手在紙箱裡翻找，想知道有沒有這款主機的線材一類或遊戲軟體。於是，約十分鐘後……

「……都齊了……」

沒想到玩這款主機需要的全套配備，光從這個紙箱就湊齊了。三角同學為我送上掌聲。

「哦～總覺得這跟《開〇鑑定團》有類似的感動耶。」

「對啊……雖然就只有一塊，但這裡面也放了卡帶。」

「就是啊。從包裝看來，好像是射擊遊戲……」

三角同學頗有興趣地看著遊戲軟體的包裝盒。我與高采烈地開始解說：

「嗯，沒錯喔。嚴格來講，這屬於軌道移動型的動作射擊遊戲。在主角於大群敵人之間自動衝鋒的過程中，玩家負責的是『角色的左右移動』、『瞄準』、『開火』、『近距離攻擊』，並逐步過關。完全沒有成長要素，還以為基本上迎合的是電玩咖，簡單模式卻提供了更廣的──」

當我說明到這裡，忽然間，隨著「失禮了」這句招呼聲從背後傳來，就感覺到社辦的門被打開的動靜。

回頭望去，出現在那裡的是……

「哎呀，雨野同學，怎麼了嗎？」

「啊，天道同學，辛苦了。呃，不好意思，我以為社團活動快結束了，想過來接妳……看來似乎還早呢。」

雨野同學望著社辦裡熱烈活動中的景象，態度隨之退縮。看了他那樣的「努力」，我的心跳也不禁稍微加速。

其實在最近……放完寒假以後，雨野同學就開始積極地像這樣邀我一起放學回家。照理說，原本他應該不習慣來電玩社露面才對……

雨野同學搔了搔臉，後退半步。

「呃，那我會在教室裡多等一會兒，結束後請妳說一聲——」

「慢著，雨野景太。」

他準備要走，卻意外被加瀨學長留住了。學長放下用來玩ＦＰＳ的滑鼠，將身體轉向雨野同學，淡然提議：

「反正你要等天道，待在這裡就行了吧，這樣會比較有效率。」

「咦？可是，這樣不會妨礙到你們嗎……」

「哈，不過就是多了你這臭小子，怎麼可能影響我玩遊戲？別瞧不起人。」

「對、對不起。那麼，承蒙學長好意……」

「……嗯。」

加瀨學長說著就推了推眼鏡，又回去玩遊戲。

……他對待雨野同學的方式太令我驚訝，三角同學便悄悄對我耳語：

「其實像加瀨學長那樣，好像已經把他當『朋友』了喔。畢竟我們之前還欠了一份讓他專程趕來的人情……」

「之前欠的人情？我倒是不清楚這件事……不過，加瀨學長確實接納雨野同學了呢……剛才他明明還對我咂嘴……」

「啊哈哈，我、我想，那也是他敞開心房的證明吧……」

三角同學如此苦笑以後，雨野同學就來到我們跟前。他開口問候三角同學，然後立刻對眼前的紙箱表示有興趣。緊接著……

「啊，這不就是在光碟全盛期，還堅持採用卡帶當軟體的優秀主機嗎！哎呀，在當年有那種志氣，真是震撼人心！」

「沒錯！正是如此喔，雨野同學！」

我不禁亮起眼睛朝他回過頭，接著我們倆就緊緊地互握彼此的手。

於是，三角同學獨自在旁邊傻眼地嘀咕了一句：

「……請問一下，我記得，你們兩位目前是分手了……對吧？」

然而，我們耳裡已經幾乎聽不進他的話了。

我把先前跟三角同學說明過的「上一屆」社團也對雨野同學交代過一遍，果然他似乎也從中感受到浪漫，眼睛就更加閃閃發亮……對此，我感到欣慰不已。

然後雨野同學發現了遊戲軟體的外包裝，音調就提得更高了。

「啊，這款遊戲！」

「沒錯，雨野同學！這就是那款隱世的名作《神與惡》！」

「這、這太令人熱血澎湃了！酷耶！只留了一片遊戲，居然會是這部作品！」

「你明白嗎！你能體會到嗎，雨野同學！就是這麼酷喔！哎，真是！」

最後我們倆就一起拿著遊戲的包裝盒，彷彿望著自己的孩子一樣為之陶醉。

……這時候，用手扶額的三角同學又嘀咕了些什麼。

「目前在我腦裡，對情侶及朋友這些詞的定義開始有大幅搖擺了耶……」

看來他講的似乎是個人的煩惱，嘀咕什麼應該跟我們無關。

於是，雨野同學有所察覺似的開口：

「啊，說到這款《神與惡》，我記得……遊戲得分的紀錄是不是會存在卡帶裡面？」

「──……咦？」」

雨野同學的這句發言，讓我跟三角同學不由得望向彼此的臉，並且反問：

「──那就表示……」」

「嗯。」

雨野同學帶著笑容點頭，然後也一臉「興致勃勃」地說出了那個「可能性」。

「如果能順利開機，我猜『上一屆電玩社』的最高分紀錄就存在這裡面。」

＊

從結論來說，雨野同學的推測完全猜對了。

「……這個得分……」

在電玩社一角將對應S端子線的螢幕接上主機……以拿著遊戲控制器的我為中心，我們三個都緊緊盯著畫面。

接著，三角同學語帶嘆息地問道：

「……抱歉，因為我沒有玩過，不曉得這樣的得分算不算厲害……你們兩位怎麼看？」

「「呃……」」

就算是我跟雨野同學，對幾年前玩過的遊戲也實在沒有把裡面的得分標準記得那麼清楚。儘管我們不記得……

雨野同學仍回答三角同學：

「先不管是否厲害，總之呢，紀錄確實有保存在裡面。你看，這類遊戲通常會讓玩家用三個英文字母記名，紀錄保持者全都變成了『ＭＡＩ』。我記得在初期狀態下，一整排的高分紀錄者都是顯示成『ＣＯＭ』，而且分數會是整數……」

「啊，我懂了。表示幾乎已經可以確定，這就是上一屆的某人留下來的遊戲紀錄不會錯嘍。不過問題在於……」

「嗯，不曉得這項紀錄有多少斤兩……我們不太能捉摸到標準。」

雨野同學如此嘆氣後——我就關掉得分紀錄的畫面。接著，我回到標題畫面選擇「ＮＥＷＧＡＭＥ」，並且向他們倆提議：

「能不能讓我花點時間破一輪就好？只要跳過劇情，破關應該用不到一個小時……」

他們倆聽了我的提議，都立刻點頭回答：「那當然。」看來他們似乎也跟我一樣，對上一屆的實力具有莫大興趣。

我對他們倆答謝以後，就做了一次深呼吸，在高度專注下……開始遊戲了。

於是，約四十分鐘以後。

「呼……破關。」

「天道同學，妳好厲害！」

解除專注狀態的我擦去額頭的汗水，雨野同學便帶著笑容慰勞我：

「這種射擊遊戲基本上都具有『記熟模式後才能認真拚高分』的強烈色彩，沒想到妳居然可以在幾乎跟第一次玩一樣的狀況下，一次都沒有陣亡就破關！」

「謝謝。哎，我對於關卡的構成確實一點都沒印象了……不過玩到中途還是想起了手感，連我自己都覺得玩得意外上手。」

我如此微笑之後，三角同學便點了頭回應：

「這樣看來，得分也可以寄予滿高的期待吧。」

「嗯。畢竟我盡了自己目前的全力，我想應該是的。」

當我們如此互動時，畫面上仍在發表遊戲最終累計的得分。

上頭記載的數字是……

「「約六千萬分嗎……」」

我想這樣的分數大概算不錯……卻也沒有把握。剛剛對上一屆的分數只是漠然瞧了一眼，所以就沒有具體記下來。

總之我在輸入名字之際打了「ＴＥＮ」，然後讓畫面切換到高分排行榜。

辨明上一屆實力的時刻終於來到。我究竟有沒有超越上一屆的最高得分呢？對此，我是有一點點自信。

我們三個心急地守候著結果發表，於是——

「「……咦？」」

——一陣愕然。

「……不會吧？」

我不自覺地將遊戲控制器擱到桌上，還碰出了聲音。雨野同學和三角同學也一樣，似乎都說不出話來。

……我們驚訝的部分大致分為兩點。

首先——這款遊戲的高分紀錄基本上會登載到前八名為止……我這次的分數根本連前八名都擠不進去。換句話說，不值得討論，連競爭榜首的舞台都站不上去。

不過……關於這點倒還無所謂。玩射擊遊戲要比高分，形同第一次玩的人說想贏過玩到滾瓜爛熟的人，就是不知天高地厚。

所以說，沒有擠進排行榜這件事本身……固然是有對我造成打擊，不過這還好，真正有

問題的部分在於……

「「……三億……分……？」」

前八名的紀錄全都比我「六千萬分」的成績高五倍以上……拿下了超過三億的分數這項事實。

「「…………」」

對此，我們三個都只能啞口無言。

實際上……我這次玩遊戲，雖然可以說形同第一次玩，但我既沒有犯下嚴重失誤，過關的手法也還算高明才對。可是……卻有如此龐大而絕望過頭的差距。

我覺得自己被人徹底地挫了傲氣。

我不禁低下頭。雨野同學和三角同學兩個人都慌張似的幫忙打圓場。

「不、不用在意啦，雖然分數輸掉了，但妳畢竟是第一次試著破紀錄啊！會這樣……也算難免的嘛。」

「雨、雨野同學說得對！天道同學，跟練熟的人比分數也沒有用啊！像妳只要多玩幾次，要拿到這種分數肯定也一點都不成問——」

「——我想我辦不到。」

然而，我斷然否定了這些打圓場的話……畢竟玩到剛才那一刻的我本身……對彼此實力的差距了解得最為透徹。

我忍不住用力咬了大拇指的指甲瞪向畫面。

「……剛才我想起來了。以前我努力練這款遊戲的最高得分……頂多就一億分整……」

「不、不過天道同學，那是妳讀小學時的事吧？」

「……嗯，沒有錯，雨野同學……你說得沒錯……」

我口裡如此回答，混濁的視線卻還是一直瞪著得分畫面……瞪著自己那些得分，簡直一文不值的慘狀……

「喂，天道，今天的社團活動總該收尾了喔。」

這時候，從背後傳來加瀨學長的聲音。活動結束的時間似乎到了。

「「…………」」

……雨野同學和三角同學不知為何都戰戰兢兢地偷看我這邊的狀況。

然而，面對社團活動該結束的宣言——

「好的，我明白了。」

——我帶著笑吟吟的臉坦然做出回應，雨野同學和三角同學不知為何都鬆了口氣。

我笑咪咪地切掉遊戲主機的電源，笑咪咪地拔掉遊戲軟體……然後笑咪咪地取下各類線材，笑咪咪地把那些裝回小小的空紙箱，而且笑咪咪地——

「嘿咻。」

「「——咦？」」

——把那個紙箱捧到脇下。

雨野同學和三角同學額頭直冒汗，我則是向加瀨學長徵求允許。

「呃，學長，我有個不情之請……這款主機和遊戲，能不能暫時讓我帶回去呢？有社團活動時，我會再帶來社辦的。」

「？可以啊，應該不要緊吧，反正也沒有其他人要用。」

「謝謝學長。那麼……我們走吧，雨野同學。」

「……咦？」

雨野同學不知為何遲鈍地應了一聲。我不禁微微歪過頭。

「？今天你會陪我一起放學回家吧？」

「咦？啊，是的，沒有錯……」

不知為何，雨野同學一邊說一邊將視線投注在箱子上，而不是看我。不知為何，連三角同學也將同種視線投注在我捧著的箱子上……他們是怎麼了？

我對他們倆嘻嘻微笑。「走吧走吧。」然後就催大家離開社辦，準備回家。

「兩位，社辦就要關閉了，請你們先離開吧。」

「「啊，好的…………………………」」

「？怎麼了嗎，兩位？用那麼熱情的眼光注視著我這邊……」

「「呃，不是…………………」」

不知為何，他們倆來回看著我的臉和箱子……然後硬擠出來似的只嘀咕了一句：

「「………………請妳要記得睡覺喔，好嗎？」」

「……呵呵，我不懂你們倆在說什麼耶，一點也不懂。」

我別開視線回答……他們還是一直斜眼望著我。

…………

……不管怎樣，我，天道花憐——

——睡眠時間大幅縮減的日子就這麼揭幕了。

*

利用週末的時間，我立刻就重新掌握了動作射擊遊戲《神與惡》的「要點」。

不中彈，不漏打敵人，不錯過加分道具。

說起來這在所有射擊遊戲都是基礎中的基礎，不過正因如此，同時也是接近精髓的基礎功。這是拿高分最重要的部分，正因如此，只要完美達成這些，基本上「最終該追求的目標」就近了。

——理應是這樣才對。

「一、一億三千萬分嗎……」

「嗯……沒有錯。」

眼睛底下多了黑眼圈的我喪氣地垂肩嘆息。雨野同學擔心地從旁邊望過來。

週一放學後，碰巧電玩社和電玩同好會在今天都沒有活動。

我差點將「把握機會」說出口，還為了早一秒趕回家，連公車都不等就踏上歸途——卻遇見了彷佛事先料到而埋伏於鞋櫃那裡的前男友。我拗不過目光堅定地斷然表示「我送妳」的他，便和他兩個人走在通往住宅區的路上。

——腳步匆促地。

雨野同學在旁邊微微喘氣，繼續說：

「呃……我記得上一屆的校友『ＭＡＩ』紀錄是超過三億分，對不對？」

「嗯。」

「可是天道同學，妳在現階段已經完美通關了吧？然而，卻只得到一億三千萬分？」

「嗯。」

「……呃，這是為什麼呢？」

「不曉得。」

我這麼說了以後，便忍不住揚起嘴角一笑。

「真的，一點頭緒都沒有，老實說，簡直只能舉雙手投降呢。」

說歸說，臉頰還是緩緩放鬆了。我忍不住咬起大拇指的指甲。

……不行，我現在就想動手研究。由於這款遊戲已經是上一個年代的產物，網路上都找不到拿高分的研究文章。因此，要開拓活路就名符其實地非得靠自己了。

這對目前的我來說，實在是難以自拔……

「……請妳不要太勉強喔，我是說真的。」

「咦？」

猛一看，雨野同學正由衷擔心似的從旁邊望著我。

我回神以後才急忙放慢腳步回答他：

「不、不要緊啦，雨野同學。我大道花憐，對『自制』可是小有自信的！」

「……那就好。」

「是啊，沒問題的喔！所以嘍，趕快往前走吧，雨野同學！」

「咦？……呃，我說，天道同學？」

「咦？有、有什麼事嗎？」

我急忙用手梳理頭髮並回頭看向他……於是，雨野同學悄悄指向自己的右邊，還戰戰兢兢地提醒我：

「可是，這裡已經是妳府上了耶……」

「咦？」

被他一說，我看了才發現……這裡確實是天道家。因為我一邊想事情一邊快步走路，就完全沒有發覺。

我「啊哈哈」地發出生硬的笑聲，然後回答他：

「我、我當然曉得。沒錯，我都曉得喔。這裡就是赫赫有名的美少女電玩咖，天道花憐，她本人的老家，是的，我從以前就想來一趟呢。」

「再怎麼說，妳也慌得太嚴重了吧，天道同學？」

被雨野同學吐槽的我取回了平靜，就咳了一聲清嗓……嗯，得重新振作才行。

我擺回笑容，重新對雨野同學開口：

「那麼，今天就到此告別——」

——然而，話說到這裡，我才猛然警覺。

「（錯、錯了吧，天道花憐！雨野同學專程送到家耶！而且，時間也還早喔！這樣的話，就算妳再怎麼想獨自玩遊戲，其實還是該……！）」

我暫且將道別的詞句吞回去，然後還急著把它改成邀約的詞句吐露出來。

「——要、要不要順便來我家坐坐，雨野同學？」

「…………呃。」

剎那間，雨野同學有短短一瞬顯得很高興……可是不知道為什麼，立刻就變成苦笑。

「啊～～不用，我心領了。因為我家今天有點事，全家人要一起出門。」

「是、是嗎？那就……可惜了。」

話雖這麼說，但是在我心裡確實也有想趁今天專心於《神與惡》的自己。

「呃，那麼天道同學，明天學校見！」

「咦？啊，好的，明天見……」

當我鬱鬱寡歡地思索時，雨野同學仍帶著笑容揮手，然後就瀟灑離去了。

我目送他直到看不見背影以後……才獨自嘀咕：

「雨野同學……難道說，你是在體貼我嗎……」

剛才他似乎察覺到了，其實我是想立刻回家玩《神與惡》。而且為了不讓我有罪惡感，還主動說自己有事。

那樣實在……好機靈，溫柔得十分貼心，感覺簡直不像雨野同學……至少跟他被我邀請到電玩社時還視手遊的救援任務為優先，著實讓人覺得失禮的那時候完全不同，沒錯，要說的話是大有長進了……

…………………………

「花憐？妳怎麼了嗎？在家門前發呆。」

這時候，突然有聲音從背後呼喚我。回頭望去，從玄關探頭的媽媽正納悶地望著我。她大概是聽見外頭有我講話的聲音才過來看看狀況吧。

我呼了口氣，並帶著笑容這麼回話：「沒什麼。我回來了，媽。」

於是——我朝有《神與惡》等著的自家邁出步伐。

＊

結果後來的三天之間，我的得分幾乎都沒有成長。瑣碎的失誤或擊破敵人的順序多少有了改善，然而靠這些頂多只能讓分數進步不到一成。

紀錄達到一億四千萬分之後，我用的正統玩法就完全面臨瓶頸了。

如此一來，為了讓分數再成長兩倍以上——我所能做的事極為有限。

「『希望由同好會提出嶄新的想法？』」

「是的。」

我用力點頭，對親愛的電玩同好會眾成員做出回應。

一月第四週，星期四的放學後。我，天道花憐，終於決意向朋友們尋求建議了。而且我找的並不是電玩社，而是電玩同好會的眾人。

千秋同學聽完我的請求，便悄悄地舉手發言。

「那個那個……呃，關於協助花憐同學這件事，我們一點也不排斥就是了……」

「謝謝妳，千秋同學。值得仰賴呢。」

「不會，哪裡哪裡。可、可是可是，呃……請問，為什麼要找我們『同好會』商量呢？而且還特地讓我們用『這裡』當場地……」

千秋同學說著就張望四周。於是，其他成員也開始現出坐立不安的模樣。

這也難怪。畢竟這裡並不是平時同好會舉行活動的二年F班——而是電玩社的社辦。

為了讓他們鎮定下來，我帶著微笑又開始說明。

「首先，我會將場地設在『這裡』，單純是因為這裡有遊玩的環境。因為我希望一面聽各位的意見一面實際進行遊玩。」

我說明過後，這次就換上原同學如此回應：

「這我是可以理解啦……不過有必要特地讓電玩社的活動休息嗎？何況加瀨學長、新那學姊、三角他們幾個，在攻略遊戲這方面應該更值得仰賴吧？」

「其實，倒也沒有那回事。」

「？妳的意思是？」

「電玩社的眾人確實全是專家……但基本上都屬於專精於單一類型的遊戲，而且遺憾的是我們社團裡並沒有專門研究這種動作射擊遊戲的社員喔。」

「不然三角呢？妳想嘛，那傢伙超有才華的吧？雖然我跟他不熟。」

「沒錯，他確實擁有驚人的才華。只是……該怎麼說好呢，老實講，最近那發展得太過誇張了耶。應該說，他那種特質早就大幅超出『電玩』的範疇了吧？」

「──啊……」

不知為何，雨野同學和上原同學都心服似的同時點頭……難不成他們最近碰過跟三角同學有關的麻煩？亞玖璃同學與千秋同學依然是一副不解的模樣。

我繼續說明：

「總之需要『建議』或『協助』的話，找他那種人可是非常不適任的喔。感覺上，他會的盡是身上學滿特殊技能才辦得到的花樣。」

「「畢竟他是主角嘛……」」

兩名男生又深感認同。至於兩名女生，則是沒有進一步吐槽些什麼，似乎都接納了我的說明。

然而，亞玖璃同學卻在這時候「有有有～」地舉手向我發問：

「可是，要說到我們幾個……人家的水準就不用提了，在天道同學看來，祐、雨雨和小星兒的電玩技術不是都跟廢物一樣嗎？」

「「唔！」」

亞玖璃同學純真無邪的說詞讓雨野同學、上原同學、千秋同學三個人受到精神上的打擊。我咳了一聲清嗓，然後就替他們三個人說話：

「不、不是的，我並不是想看『技術高超的人示範』。目前我用的玩法已經讓得分封頂了，我只是需要『自己想不到的玩法』而已。」

「噢，原來如此～所以說，與其找電玩社那些很會玩的人，現在更需要『跟厲害的天道同學程度差得遠』的玩家，也就是雨雨他們的意見嘍！」

「「唔！」」

結果他們三個又受了精神上的打擊……不知道為什麼，亞玖璃同學本身毫無惡意反而更讓人傷心。

無論如何，這樣子我安排的用意都傳達到了。我在社辦入口旁邊就座以後，便隔著其他四個人，用擺在社辦裡面的大型螢幕開始玩遊戲。這樣我就可以一邊實地玩遊戲，一邊跟所有人交換意見。

我操作熟練地開始遊戲，當劇情被我跳掉時，雨野同學就望著畫面，為難似的嘀咕：

「不過，連天道同學也無法企及的『射擊遊戲嶄新攻略法』，也不是我們這些平凡人隨便就能想出來的吧……」

好似要輕易駁倒他那句話，亞玖璃同學隨口提議了一句：

「妳跟雨雨一邊親親一邊過關不就好了嗎？」

「「嶄新！」」

現場所有人嚇得下巴都掉了，全場一致認定為嶄新的攻略法。何止無法從以往的射擊遊戲史尋得前例，連在電玩遊戲的概念中都找不著的攻略法。

亞玖璃同學哈哈笑著，還對目瞪口呆的我們繼續說：

「世上的事情大多都可以靠愛的力量解決啊，不是嗎？」

雨野同學滿臉是汗，並且傾全力否定了她的發言。

「不，並不是。只有在虛構情節中，才能靠愛的力量解決一切啦。」

「電玩不就是虛構的嗎？」

「玩家屬於現實啊！」

「雨雨，可是你明明就長得一副像虛構的臉耶。」

「妳剛才講什麼！欸！想吵架就來啊！有意見嗎！」

「那不重要啦，親親，親親～～親親～～親親～～！」

「夠了，不要把親親當口號喊！妳是小學生嗎！沒有人會照辦啦！我跟天道同學的吻，才沒有廉價到要在這種荒唐的場面獻出來！」

「要不然，換成小星兒親雨雨也可以啊。」

「「咦咦！」」

雨野同學和千秋同學慌得扯開嗓門。另外……

「啊，死掉了。」

上原同學望著畫面嘀咕……從記起這款遊戲的「要點」以後，我頭一次喪失了一機。這

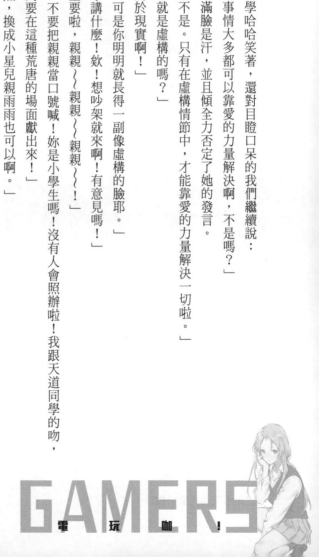

是當然的……畢竟，我剛才完全將遊戲控制器弄掉了。

雨野同學拍桌反駁亞玖璃同學。

「我和千秋接吻，怎麼會跟射擊遊戲的攻略牽扯在一起！」

「就說是愛的力量了嘛。」

「連當事人沒有參與，也能得到愛供應的力量嗎！」

「人家不曉得耶。死馬當活馬醫啊，值得一試。」

「不值啦！請不要用死馬當活馬醫這種藉口來玩弄我跟千秋！」

雨野同學氣得像是隨時都要咬向亞玖璃同學，而亞玖璃同學「呿～」地噘著嘴把臉轉開……他們倆還是老樣子，感情好得簡直像一對姊弟。

我咳了一聲，然後……由於中彈讓得分的加成倍率下滑，我只好從頭玩起……這次要謹慎操控。

於是，當我總算玩到先前陣亡的那一幕時。

……這一次，就換成千秋同學下定決心似的……突然站了起來，並且大喊：

「那個那個，我、我並不排斥……協助你們用那樣的方式攻略遊戲！」

「啥！」

雨野同學大吃一驚地望向千秋同學。亞玖璃同學還在同一時間起鬨：「好耶，小星兒！」另外……

「啊，死掉了。」

上原同學又望著畫面嘀咕……從記起這款遊戲的「要點」以後，我的角色二度迎接陣亡了。這是當然的……畢竟，我剛才將遊戲控制器扔了出去。用全力，朝社辦裡面……對準了擺著椅墊的地方。

當我幽幽地把遊戲控制器撿回來時，雨野同學就面紅耳赤地吐槽：

「妳為什麼要配合那種胡鬧的要求啦，千秋！」

「……因為，我並不排斥……沒錯！」

「要啦！要排斥的啦！未免太奇怪了吧！這個像惡魔一樣的辣妹安排了史上最糟糕的接吻場面，妳還配合她，根本一點意義也沒有！」

「…………景太……我認為……我認為女人有不得不拚的時候！這是我的想法！」

「不是現在啊！妳那動人的決心，絕對不該用在這時候啦，千秋！」

「來吧來吧……景太！你請便！要、要就給我個痛快！」

「接吻求的絕對不是『給人痛快』啦！我才不要！」

「雨雨是軟腳蝦～沒骨氣～處男～小矮人～」

「好，先叫那個辣妹過來受死。」

東拉西扯到最後，又變成雨野同學跟亞玖璃同學在鬥嘴互鬧。於是，千秋同學似乎也總算恢復神智，「啊哇哇」地嘀咕了一句就滿臉通紅地乖乖坐下了。

「…………唉。」

我見狀也設法恢復平靜，並且再一次重開遊戲。這次亞玖璃同學似乎也有所節制，不再提那些荒唐的攻略法了……印象中，這個人確實常常戲弄雨野同學，卻又懂得適時收手。應該說，她很了解雨野同學「真的會覺得反感的底線」………………

「哦，危險。」

上原同學又發出嘀咕。這次我固然沒有中彈，可是閃敵彈閃得分外驚險。由於不影響分數，我便繼續玩下去。

接著，當我終於打倒第一關首領時……千秋同學就嘀咕了。

「唔嗯……花憐同學果然非常上手耶。照這樣玩，還是不行嗎？」

「很遺憾，這樣就是破不了紀錄，所以我才希望換一套沒試過的玩法……」

「啊，不然不然，我還是跟景太接吻——」

「那就免了。」

我在說完的同時，就用過猛的攻擊一舉掃蕩成群小兵。千秋同學額頭冒出汗珠，還咳了一聲清嗓，然後另找話題。

「不過不過，實際的問題是接下來分數要進步，好像就必須誇張到『原來還可以這樣！』的境界才可以。雖然也不是說就要用愛的力量啦……」

「嗯，沒錯。千秋同學，妳看著有沒有想到什麼呢？即使跟分數的成長不直接相關也可以，如果能給我一些意見就太好了。」

「唔嗯～～……這、這個嘛……」

千秋同學交抱雙臂閉上眼睛，一度深思……後來，在她猛然睜眼的同時，就談到自己「忽有所感」的事情。

「總覺得，看到彈幕攻擊就會讓人擔心性價比耶。」

「「還真的毫無關聯！」」

比想像中更沒有參考價值的「嘀咕」，讓在場所有人都開口吐槽。

然而，千秋同學不知為何卻完全換上了「創作者」模式的認真臉色，繼續對我們說明：

「不不不，可是，你們都沒有疑問嗎？大量子彈甚至灑到了跟主角完全相反的方向耶，這有什麼理由嗎？而且，彈幕的顏色還那麼鮮豔！」

「對、對遊戲吐槽這些，應該算是不解風情吧。再說，《神與惡》也不是那麼彈幕的遊戲……」

「我談的不是《神與惡》，花憐同學！我現在談的，是泛指所有彈幕遊戲！」

「呃，能不能請妳談《神與惡》呢！基本上，我是在徵求有關這個遊戲衝分數的參考意見耶！」

「對喔！那麼，我先將自己對彈幕永遠懷抱著的疑問悄悄收進心裡！」

「如果能這樣就太好了。」

「…………」

「…………」

「…………呃，基本上，既然戰力足以灑出那樣的彈幕，為什麼敵方不使出讓我方完全無路可逃的攻勢，也讓我有疑問——」

「千秋同學～～？」

「好的，我安靜了！」

千秋同學挺直背脊，對我敬禮保持安靜……真、真是的，脾氣彆扭的人就是這樣……

於是，當我傻眼地嘆息時，就發現雨野同學正在視野一隅顯得坐立難安。他喃喃自語似的一個人低聲碎唸：

「……對對對，要說的話，主角機的命中判定只設在中心有什麼意義也令人在意……」

不過，他一個人咕噥了這些……卻沒有跟千秋同學分享話題就自己打住了。

「…………」

他肯定有預料到「之後」吧。假如跟千秋同學熱絡地聊起剛才的話題，無疑會壞了我的心情。不難想像演變到最後，我馬上就會提醒一句「雨野同學～～」，使他們倆都縮起肩膀安靜下來。

正因如此，他才刻意在自己內心將話題完結……這是十分合理的選擇，而且也是為我好，為了避免妨礙我玩遊戲而花的心思。

……雖然說，應該是這樣沒錯……

當我受制於某種難以轉換成言語的複雜情結時，這次就換原本一直保持安靜的上原同學開口了。

「實際上，玩得這麼純熟還差了近兩倍的分數……在我看來，只會覺得有什麼『重大的遺漏』耶。畢竟是天道嘛。」

「雖然我不懂最後的『畢竟』是什麼意思……比方說，遺漏了什麼呢？」

「妳想嘛，像是隱藏關或加分關之類啊，在特定條件下可以進去的關卡。那種特殊的加分恩惠，基本上都跟妳不太有緣分。」

「你這個人從剛才就一直多話耶！再說，假如我真的『跟加分要素不投緣』，那你要我怎麼辦嘛！」

「那還用說，找兩個簡直像活加分要素的人合力玩遊戲，不就是最佳的解決之道？」

上原同學說完，就交互看了雨野同學和千秋同學……的確，很少有男女像他們倆一樣，這麼受「命運」或「巧合」眷顧。

而且，他們倆本來就喜歡電玩，看了我玩遊戲的畫面似乎都在「蠢蠢欲動」，被上原同學這麼提議之後便頗有意願答應——

「「好的，請務必——」」

——話說到一半，突然間，雨野同學就露出苦笑退出了。

「——我也想這麼答應下來，不過還是讓千秋試就好了。」

「？景太？」

千秋同學不解似的歪過頭，雨野同學就對她說明：

「這款遊戲，即使說可以雙打，結果形式上就是『把一名主角的操作分配給兩名玩家』。感覺難免會稍微損害到『這款遊戲原本的樂趣』。當然，那樣玩也會有不同的『樂趣』就是了。」

「是、是喔，的確，或許是這樣沒錯呢。」

「所以說，總之，先讓千秋一個人試玩看看怎麼樣？雖然跟上原同學建議的方式多少有些差異，但是讓千秋來玩的話，我想就會出現許多從天道同學身上看不到的舉動。」

「是、是這樣嗎？呃，假如假如……景太與天道同學覺得可以，要玩我是很樂意……」

千秋朝我瞥了一眼。我帶著笑容點了頭，接著就重開遊戲，然後將控制器遞給她。於是，千秋同學便馬上……稍微「有違作風」地發出了提振精神的聲音。

「好～～我要拚嘍～～～！」

「…………」

我看了她那副模樣，內心又受到複雜的情結折磨……她會不會就是想跟雨野同學玩雙打呢？遊戲性如何肯定都沒關係才對。唯有我……可以痛切體會這一點，體會她那樣的心情。

另一方面，雨野同學的理論及態度並沒有任何錯誤之處，這我也可以理解。實際上，這陣子的他簡直對我們誠實過了頭。證據在於——這幾週以來，我的心都風平浪靜。驚人的是，以前常發生的「奇妙誤解」現在都沒有發生，而且其中的理由……肯定不是因為命運的惡作劇已經歇緩。

因為讓我們煩心的誤會種子，已經透過總站在「播種那一方」的人物之手，一顆一顆細心而慎重地……大量摘去了吧。

……換句話說——

都是拜雨野同學的努力及顧慮所賜。這句話，大概就能道盡一切。

「哇，哇，哇。」

——一回神，千秋同學立刻就在最初的關卡失去了一機。

她淚汪汪地一邊望著遊戲畫面一邊抱怨：

「嗚……嗚嗚，根本沒辦法順利過關！原本，我還有一滴滴自信的耶！」

「啊哈哈，滿常見的喔，那種莫名的自信！看技術好的人玩過好幾遍，忍不住就會覺得自己也辦得到！」

「是啊是啊，景太！嗚嗚，早知道就先讓你玩了……」

「這、這話是什麼意思，海帶小姐？」

「就是你心裡想的那個意思啊，豆芽菜先生～」

……他們倆和樂融融，像平常一樣要好地吵了起來。不知為何，那一幕……讓我鬆了口氣。情敵跟意中人過得快樂還覺得放心，倒也是件怪事。

「（這是為什麼呢……會是因為雨野同學仍然是雨野同學嗎……）」

連我也不懂自己在說些什麼。轉眼看去，上原同學和亞玖璃同學也擺著跟我類似的表情……感覺上，這樣的氣氛實在是不可思議。

不過，在如此複雜的情緒交錯之間，我重新確定了一點。

那就是──

「呀啊！連第一關的王都抵達不了！我不甘心！」

「是的，千秋妳出局了～～來吧，下一個換我！換我玩！好～～我要秀一手──」

「咦，雨野也要玩喔？那我趁這個空檔去一趟廁所好了。」

「耶～～！人家陪你去～～！反正看重播也沒有意思！」

「那邊的情侶等一下！」

──我們五個人一起玩遊戲果然是最開心的，無可比擬。

*

那天深夜。

「終、終於來到兩億八千萬分了……！」

我在昏暗的房間裡穿著睡衣，眼睛炯炯有神地直盯著明亮發光的畫面。

「沒想到居然是亞玖璃同學幫忙找出了突破口……！」

雖然說原本就是為了徵求「我沒有的想法」才找大家聚會商量，沒想到對電玩完全不熟的她會替我帶來曙光。

我再一次從第一關重打，然後一邊拚分數一邊在腦海的角落回想。

沒錯，那是在聚會結尾的時候。

除了輪到上原同學時以外，都一臉無聊地茫然看別人玩的亞玖璃同學看似有所領悟地說了「借人家一下」，然後就從當時正在玩的雨野同學手中搶走了遊戲控制器。

雨野同學當然大有怨言。亞玖璃同學在這種情況下，則是斷斷續續地用「一看就知道外行」的生疏手法操作起來，完全沒按攻擊鈕，放走了一隻又一隻的敵人，還被子彈打中，讓得分的加成倍率下滑，而且到最後——

「「啊。」」

——自機直接跟衝過來的「中首領戰艦」迎面撞上，爆炸墜毀了。接著，亞玖璃同學就滿足似的說「拿去」，並且把遊戲控制器還給雨野同學。

而雨野同學……當然就氣炸了。

「不對吧不對吧不對吧！妳到底想做什麼！」

「咦，跟敵人對撞啊。」

「為什麼！妳是在整我嗎？這麼做有什麼目的——」

「咦，因為你們都想提高『那個數字』嘛。」

「「咦？」」

亞玖璃同學說著就用手指去——我們確認了她的得分。在那裡看見的景象是……

「「奇……怪？」」

明明中彈好幾次還失去了一機——即使如此，顯示出來的分數仍比我們「正常」拚分數時要漂亮一點。

我們隨之沉默，亞玖璃同學則一邊打呵欠一邊說明：

「啊～～主要是在雨雨和小星兒玩的時候才有這種狀況啦。他們倆被解決掉時，那邊的數字偶～～爾就會提升一點點。起初人家只是認為『明明技術就不好，真不可思議耶～～會是神明給的加分嗎～～』……不過，後來人家就發現了。」

「「發、發現什麼？」」

我們緊張地吞口水，亞玖璃同學就若無其事地回答：

「主角直接跟敵人轟隆撞上時，敵人也會被爆炸的主角波及而死掉啊。然後，在那種時候，數字好像就會一口氣跳升。」

「「！」」

「還有，撞『大隻的敵人』跳升得比較多。不過，那是叫『首領』對吧？因為那個用撞的也打不倒，所以人家才想到撞第二大的『中頭目』是不是最划算呢？就這樣而已。」

「「…………」」

雨野同學目瞪口呆地暫停畫面，並且瞪著分數……由於中彈陣亡，加分倍率確實大幅下滑了。下滑歸下滑……

「（……可是用那套手法賺的分數，好像還更高！）」

如此計算過的我從雨野同學那裡接手，試著在關鍵場面都故意撞向中頭目，重新玩了一遍遊戲，換來的結果……居然是「兩億分」。

「「唔喔喔喔喔喔喔喔喔喔喔喔喔喔喔喔！」」

除了顯得怎樣都好的亞玖璃同學以外，電玩同好會的眾人頓時群情沸騰。

在那個瞬間，我的「極限」終於被打破了。

從回想中醒來的我，在昏暗的房間裡喃喃自語。

「而且進一步鑽研『自爆得分法』的使用處……成果便是這次的『兩億八千萬分』！」

三億分，終於進入射程範圍內了。

剩下就是……

「到了這一步，居然還會被迫磨練玩的技術……！」

流程早就構築完整。對於自爆得分的「使用處」已經研究結束。

剩下就是在適合的時機撞中首領自爆而已……不過問題便出在這裡。

「沒想到連對付這一招的措施都有準備好……」

直接撞中首領確實可以得分，但……除了亞玖璃同學實際演練的那一關之外，其他關卡的中首領一律具有在最後「與小兵及彈幕一起」撞過來的傾向，我到現在才弄清這一點。

換句話說，要與中首領對撞這件事本身其實是有難度的。

對此連我也不得不咋舌了。

「這、這遊戲設計得多麼巧妙啊……！」

用正常方式遊玩，完全不會發現有這種安排。畢竟要對付這款遊戲裡的中頭目，基本上最要緊的部分在於一出現就要盡快打倒。不打倒而讓它留在畫面上，以得分倍率還有攻勢猛烈度來說都並非上策。

但是，不過呢……曉得這套「自爆得分」的概念之後，遊戲性就會讓人瞬間改觀。不只是改觀，當中的平衡性還都有顧及到，可見……這絕對不會是「ＢＵＧ」。

很顯然，這是製作者刻意安排的要素。從發售後過了十年以上才首度揭露的驚人真相。

沒錯，就是這樣。接觸電玩，接觸電玩這樣的娛樂……就是會有這種驚喜！

「……我絕對要超越紀錄給大家看……！」

以現狀而言，我只有在最後一關無法順利達成「自爆得分」。這關出現的中首領衝撞過來的一連串動作可說極盡刁鑽之能事，設計得幾乎鐵定會讓主角挨中其他敵人或子彈。

明明如此，由於這是最後一關，要重來就要花費龐大的時間才能抵達，設計得無法輕易讓人練習。

這不叫鬼畜要叫什麼？牆高得讓人莫可奈何。

不過，正因如此……正因為如此……！

「…………啊啊！」

我興奮得熱血澎拜，然後便久違地通宵投注於遊戲上了。

雨野景太

星期五早上。當我忍著呵欠走在通往二年F班的走廊上時……就在前方發現了左搖右擺往前進的金色謎樣生物。

……不必用假定句，我想那肯定就是我心愛的前女友吧。

走在走廊上的其他同學一個個都被她非比尋常的氣息嚇得保持距離，而我在這種狀況下……當然就碎步追到後頭，並跟她搭話。

「妳、妳還好吧，天道同學！」

「唔咦？」

如此回過頭的天道同學幾乎沒有睜開眼睛……完全是睡眠不足的症狀。

她看了我的臉，然後咧嘴微笑。

「啊、噢……幸會幸會……神似雨野同學的這位先生。」

「不對啦，雨野就是我。妳、妳沒事吧？」

「我沒事的喔～～……………啊……幸會幸會……神似雨野同學的這位先生。」

「妳的記憶連兩秒鐘都撐不了耶！」

這根本不叫沒事。仔細一看，頭髮有一部分翹起來了，制服與緞帶也都不太整齊。從天道同學平時的儀容難以想像她會憔悴成這樣……哎，即使如此她還是可愛極了！啊啊，可愛成這樣，真受不了！簡直讓人想直接做成玩偶帶回家！

但我設法忍住這股欲求，咳了一聲，然後把手放在天道同學的肩膀上。

「呃，總之妳真的不要勉強比較好吧，要不要我陪妳到保健室？」

「唔咦？跟雨野同學，兩個人，到保健室嗎……………！」

「天、天道同學？」

天道同學的眼睛莫名地逐漸睜大，而且，連臉頰都開始恢復血色……隨後她就直挺挺地振作起來，還對我咳了一聲清嗓。

「承蒙厚愛……可惜我的意識已經恢復過來了。」

「看、看來是這樣沒錯。」

我是不清楚理由，但她的內心似乎有過足以促進清醒的強烈情緒起伏……雖然說，天道同學現在一副十分遺憾的臉色就是了。

為了避免妨礙其他同學，我們就先退到走廊旁邊，然後才重新開始對話。

「話說天道同學，看妳這副明顯睡眠不足的模樣，莫非……」

「莫非什麼呢？雨野同學，難不成你在堂堂『天道花憐』面前，還打算秀一手乏味的推理？哈，那可就讓人笑掉大牙了。跟你對話的，可是我喔，鼎鼎大名的『天道花憐』。自制的化身『天道花憐』。像『天道花憐』這樣，會疲憊至此的理由根本少之又——」

「妳有熬夜玩遊戲對不對？」

「我有，對不起。」

天道同學彎腰鞠躬，真心誠意地對著前男友賠罪……其他同學經過走廊拋來的視線好刺人。不過，就連我也差不多習慣了。

我嘆了口氣，然後對天道同學苦笑。

「不用對我道歉啊，畢竟我偶爾也會。只不過……看見喜歡的人落到這種狀況，難免會有點擔心。」

「不、不會……」

「雨野同學……謝、謝謝你。」

雙頰染上些許紅暈道謝的天道同學，還有對此害羞的我。

在我們倆之間，有種相當讓人害臊又類似戀愛喜劇的氣氛。

…………

哎，雖然實際上談的是「熬夜玩遊戲而睡眠不足」的糟糕話題。

我切換過心情以後，便重新問天道同學：

「所以呢，天道同學，呃，那個……戰果如何？」

「呵呵，問得好，雨野同學。」

於是，天道同學手扠腰際挺起胸脯。我嘀咕：「咦，難道說……」然後她……就一邊比出可愛的V字手勢，一邊帶著滿面笑容向我宣布：

「今天早上，我終於刷新最高分的紀錄了喔！還拿下第一名！」

「噢噢噢噢噢噢噢！妳辦到了耶，天道同學！好厲害！恭喜！」

「是啊，謝謝你，雨野同學！」

「雖然我非常在意妳講的是『今天早上』而不是『昨晚』！」

「是啊，別提了，雨野同學！」

我們倆在走廊旁邊興高采烈地嚷嚷起來。昨天放學後，沒想到亞玖璃同學確實替刷新最高分的挑戰帶來了一道曙光……後來才過一天，居然就鑽研到超越上一屆了！真不愧是天道同學！

仍處於興奮狀態的我又帶著笑容對天道同學祝福！

「這樣子，妳終於從痛苦的奮鬥中解脫了呢，天道同學！」

「……咦？」

然而，天道同學卻不解似的歪過頭回應我的話。

我不明白她心裡在掛懷什麼，又繼續說：

「咦，天道同學，因為這一個星期，妳不是身心都疲倦不堪了嗎？」

「嗯，是啊。」

「所以……才想說這樣總算可以從『痛苦的奮鬥』中解脫……」

「……那你就錯了喔，雨野同學。」

突然間，天道同學斷然否定了我說的話。我感到動搖並回答：

「咦，難道說，妳還打算繼續刷新最高分紀錄……？」

「沒有，如今已經超越當初的目標，那我就要告一段落了。不是你想的那樣，我說的『錯了』，是指你用『痛苦』來形容這件事。」

「咦？」

天道同學在這時候把身體轉向走廊的窗戶那邊，仰頭望向藍天……然後用讓人絲毫感覺不出先前那種疲憊的閃亮眼神向我訴說：

「我在這一個星期，並沒有『痛苦地奮鬥』，而是『開心玩遊戲』喔。」

「…………」

這句話讓我……不，她實在太過耀眼，讓我說不出話。

天道同學又繼續說：

「雨野同學，你以前說過對不對？自己之所以不加入電玩社，理由在於缺乏『精進的毅力』，類似這樣的話。」

「……我有。」

「事到如今，我要對你那些話稍微提出反駁喔。」

天道同學說著就從窗口回頭轉向我……然後背對早上的清朗陽光，對我訴說：

「我可是一次都沒有把『毅力』帶到電玩裡呢。然而，我還是……不，我們電玩社還是一心一意地要『精進』，理由就只有一個。」

「……理由是什麼？」

面對我的疑問，天道同學她——帶著毫無牽掛，有如孩子的臉告訴我：

「——那是因為，我們都開心得不得了啊！」

「…………」

……敗給她了……怎麼辦？

那副笑容實在太燦爛，讓我沒有辦法好好看著她的臉。

胸口的這股溫暖是什麼？果然……我真的對這個人……

我從她面前稍微轉開視線，然後一邊搔臉一邊設法回話。

「好好喔。能用那樣的態度面對電玩……真的，真的很令人羨慕。」

「呵呵，謝謝你。不過你可以找出許多『輸贏以外的醍醐味』，像你這樣的態度倒也讓我們感到相當羨慕。」

「是嗎？」

「是啊。」

說到這裡，我們便互相微笑……總覺得這讓我想起了第一次約會的時候。當時我們也是像這樣……

接著，天道同學再次轉向窗戶，隨後她看了自己映在上頭的身影，就警覺地慌忙說：

「對、對不起，雨野同學！我得整理一下儀容……」

「咦？儀容？可是妳隨時都可愛到極點啊。」

「咦？」

「啊，妳是在介意那塊『翹翹』的頭髮嗎？我倒覺得那樣也有那樣的可愛……啊，請妳稍等一下。」

「咦？咦？咦？」

我拉近一步跟天道同學的距離，然後用手溫柔、細心地幫她梳頭頂翹翹的頭髮。於是，在默默地重複梳了幾次以後，我覺得十分寬心，忍不住就吐露出真心話。

「……呵呵，天道同學，這樣子感覺好像我在哄妳：『要乖喔要乖喔。』」

「！」

大概是為了方便我梳理，天道同學低下頭。我又繼續說：

「啊，不過就當成兼有那種意思，或許也不錯。因為妳今天努力拿下了出色的分數，老師和父母應該都不會誇妳遊戲玩得好……所以我至少要能幫忙稱讚『喜歡電玩的妳』，何況我也有一點希望自己能成為這樣的存在。」

「～～～！」

天道同學似乎在嘟噥什麼。難道是我用手指梳頭髮會痛？

我一邊留意自己伸手要更加輕柔，一邊繼續閒話家常。

「啊，事到如今我才想到，我是第一次像這樣幫女性梳頭。」

「！」

「但是不知道為什麼，面對妳……像告白的時候也是，『希望為妳做這些』的心意好像總是會勝過不好意思的心理。真不可思議。大概是因為，我果真喜歡妳吧……」

「————」

或許是因為天道同學的頭髮摸起來柔順無比，我就像在家裡躺進被窩時一樣，毫無防備地讓自己的情緒從口中流露而出。

面對這樣的我……天道同學好似要把我的手甩開一樣忽然抬頭，接著就骨碌碌地轉著眼睛對我提出抗議。

「大、大庭廣眾下，你從剛才，到現在，都、都在做些什麼！」

「啊，對不起。」

被她這麼一說，我才察覺這裡是早上學校的走廊。轉眼望去，確實聚集了為數驚人的視線……不過……

「啊，不過天道同學，既然妳已經恢復精神，那太好了！」

我帶著笑容這麼回答。於是……天道同學的臉越來越像熟透的蘋果那樣紅，嘴巴也陣陣顫抖。

「雨、雨雨、雨野同學！……你、你你你、你簡直、情、情……」

「情？……啊，我明白了！這次妳一定是想講『情場玩咖』——」

「你簡直情聖嘛，我喜歡你～～～～～～～～～～～～～～～～～～～！」

「這是什麼反應！」

我的前女友似乎一邊扯開嗓門做出驚人告白，一邊拔腿跑掉了……呃……該怎麼說呢，這是什麼情況？我想我這次並沒有聽錯，卻也覺得好像不能把字面上的意思照單全收，不能這樣就樂起來。

…………

……哎，話雖如此，我還是樂起來了。呀呼。

「……雨、雨野，你幹嘛一個人在走廊旁邊蹦蹦跳跳？很噁耶。」

我突然被人從背後搭話，回頭看去，那裡有張熟面孔。

「啊，上原同學，早安……咦，奇怪，亞玖璃同學和千秋也在。」

「早呀～～雨雨。」

「早安，景太。」

兩個認識的女生從上原同學背後探出臉……我忍不住斜眼瞪向上原同學。

「……有上原同學這樣的本事，一到學校就能讓兩個女生陪在身旁呢……」

「你用哪門子的漆黑眼神看朋友啊？要說的話，亞玖璃確實是跟我一起上學啦，但星之守只是在路上遇到而已。」

「哦～～」

「你那是什麼不以為意的回話方式？啊，不說這些了，雨野，天道她還好嗎？」

「嗯？你問的還好，是指什麼？」

「不是啦，我們三個都有在玄關見過一次『左搖右晃的謎樣金色生物』，但是她晃得太厲害，我們就一度跟丟了。然後我們因為擔心就在學校裡繞了一大圈才找到這邊來……」

「啊，原來是這樣喔。嗯，老實講，以睡眠時間來說似乎很慘……不過，我想她算是恢復精神了。」

當我和上原同學談到這些時，千秋不知為何突然略顯惶恐地這麼問：

「順、順帶一提，景、景太……剛、剛才，你跟天道同學，是不是聊得滿愉快的？」

「咦？呃，嗯，我想是吧……」

「請問請問……你們……都聊了些什麼？」

「咦？」

我被往上瞟過來的千秋問了這樣的問題……就連我也曉得這是什麼意思。感覺上……目前，她似乎對我有些許的醋意。唔唔……真、真是難為情。

於是，眼尖的現充情侶便「哎呀」地帶著煩人的表情朝我們窺探而來，因此我咳了一聲清嗓，然後決定對他們三個好好把事情說清楚。

「聽天道同學說，她已經刷新那款遊戲的高分紀錄了。」

「「噢噢！」」

這三人頓時情緒沸騰……看他們對朋友玩遊戲的分數可以有喜有憂到這種地步，總覺得連我心裡都暖洋洋的。

接著，當我對他們三個報告天道同學似乎十分疲憊的消息時，千秋就突然提到「這麼說來——」並拿出智慧型手機告訴我們：

「昨天聚會之後，我偶然發現了這款手遊。」

「「手遊？」」

我、上原同學、亞玖璃同學三人歪頭看向千秋的手機。於是，顯示在那裡的遊戲是……

「這該不會……是《神與惡》的手遊版？原來有推出這個版本！」

「是的是的，景太。之前我也不曉得，但這似乎是三天前才剛上架的。因為是一次買斷型的遊戲，我忍不住就下載了。」

千秋如此說明後，就開了新遊戲當作展示。上頭顯示的，跟我們昨天在電玩社看了好幾次的畫面一模一樣。

上原同學佩服似的感嘆：

「噢噢，重現度好高。」

「是啊是啊。評論統統都是好評，我也覺得移植得很棒。只不過，無論如何都難以重現的部分在於……」

「奇怪，小星兒，這要怎麼操作？」

「問題就在這裡……」

被亞玖璃同學一問，千秋便將手機橫拿繼續玩遊戲……然而不管怎麼看，操作性似乎就是綁手綁腳。

「呃，那個那個，以手機來說算是相當努力了，所以在評論上也都給予肯定……話雖如此，操作起來難免還是比遊戲控制器遜色……」

「這是應該的吧，原本的遊戲就必須狂操各個按鍵了……」

我說著瞧向畫面。我一把臉湊近，千秋的操作就嚴重失誤使得遊戲結束了……現場被有些難堪的氣氛籠罩。

接著，當畫面切換到顯示得分以後，我的目光跑到顯示在右上方的小小按鈕。

「咦，手遊版還有線上得分排行榜耶。」

「唔咦？啊，真的耶。我根本沒有注意到。」

千秋說著，不經意地點了那個按鈕。連線中的讀取顯示。

上原同學嘀咕：

「手遊版，操作性並不好吧？何況才推出三天，分數會高到哪裡……」

「就是嘛就是嘛……啊，出現了耶。呃，目前的第一名是……」

「也讓人家看、也讓人家看～～！」

所有人都興趣濃厚地瞧向畫面。結果，顯示在上面的分數及姓名是——

『第一名　四億五千七百萬分　M・A・I』

「「……………」」

所有人隨之沉默，當場僵住不動……在我們心裡來來去去的念頭，只有一種。

「「（奇怪～好像最近才看過某個朋友熬夜把「打破三億分」當目標耶……）」」

接著，千秋突然就「啊哈哈」地一邊乾笑一邊操作手機。

「你、你們想嘛，手遊版的得分加成倍率……肯定比較高吧？」

她打開手遊專頁，捲動玩家留下的評語。然而顯示在上頭的是……

『移植成果佳。憾就憾在操作性低落，以及分數難有成長。』

『還是一樣好玩！不過手遊版的敵人是不是變少了？多虧如此，分數好像沒辦法衝到跟家機版一樣高……』

『線上得分排行榜有作弊吧？都是M・A・I稱霸嘛，要怎麼玩才會打出那種分數？』

『官方：現階段於得分方面並未發現作弊情事。若玩家能安心地繼續享受遊戲便是我們的榮幸。』

「「…………」」

我們四個讀著這些留言，氣氛變得越來越凝重。

經過走廊的同學們遠遠瞧見我們這副模樣，都不敢領教似的離去。

在這種情況下，千秋終於……

「……呼、呼～」

……她悄悄地按下手機的電源開關，切掉畫面。

…………

我們腦海裡……浮現的是，方才某個女電玩咖疲憊不堪的身影。

…………

我們四個咕嚕吞下口水，望向彼此的臉。

接著，就異口同聲嘀咕了一句：

「「才沒有出什麼手遊版啦。」」

為了朋友的健康著想，有時候從現實轉開目光也是必須的……這次發生的事，讓高中二年級的我們在寒冷的冬天早上有了如此的領悟。

✖雨野景太與臨時BOSS戰

「請恕我拒絕。」

『這麼突然！』

亞玖璃同學粗魯的大嗓門從手機發話口傳來，我忍不住移開耳朵。

二月第一週的星期六，晚上九點多。

我仰躺在自己房間的床上，繼續這麼說：

「呃，因為……在星期六晚上接到妳的來電，而不是傳簡訊耶。這樣的話……對我，雨野景太來說，唯一正確的選擇就是接起電話立刻表示『拒絕』吧。」

『雨雨，你的成長好讓人討厭！變得這麼敏銳！不、不過呢……』

亞玖璃同學說到這裡就惱人地停頓了一下，想引我好奇。

『雨雨你那樣推理，究竟正不正確呢？沒聽亞玖璃姊姊把事情講完就劃清界線，你敢說自己真的不會後悔——』

我毫不猶豫地掛掉電話。

「那麼，接下來……」

我從床上起身，伸了個大懶腰。

好，今天也沒有特別想看的節目，差不多該去洗澡了——

〈嘟嚕嚕嚕嚕嚕……！〉

——手機好像傳出來電聲了。大概是心理作用吧，電子音效聽起來好刺耳。

我看著擱在床上的手機，就這樣盯了幾秒鐘……可是來電聲遲遲沒有要停下的跡象，因此我不甘不願地接聽了。

「喂？請問是哪位？」

『人家啦！你曉得的吧！為什麼要掛電話！』

「亞玖璃同學，就是因為妳在星期六晚上打來啊。妳曉得的吧？」

『雨雨，你這個男生回話很冷漠耶！人家不記得有把你教成這樣喔！』

「…………………啊，對了……咳…………啊～～啊～～……」

『？雨、雨雨？你怎麼了——』

「敝姓『中村』，請問妳哪裡找？」

『欸，沒用啦！現在還用「妳打錯號碼了」這招根本沒用！』

「……啊，有插播，我要切掉嘍～～」

『騙誰啊！雨雨，這個世界上哪有人會打電話給你——』

我第二次毫不猶豫地掛掉電話。不留情面。

好，再準備去洗澡…………………………好像有來電耶……

儘管這次我打算堅決無視……大概是心理作用吧，畫面上顯示的「亞玖璃同學」字樣看起來非常傷心，因此我只好接聽了。

「我會報警喔。」

『有人接起電話劈頭就對朋友這樣講的嗎！』

亞玖璃同學心寒似的聲音。而我……也只好認命地再次坐回床上，並且問她有什麼事。

「所以呢？到底是怎樣嘛，一直打電話給我。」

『是你掛電話，人家才被迫一直打一直打的吧！』

「接到感覺只會有麻煩的騷擾電話，掛斷是正常的啊。」

『為什麼要認定人家是麻煩！人家根本什麼都還沒說嘛！』

「……意思是，妳要談的事情或許對我有好處嘍？」

『就是這樣！』

亞玖璃同學似乎在電話另一端挺起了胸脯。我搔起頭，然後不甘不願地催她說下去。

「既然妳都這麼說了，那我就要問嘍……在星期六晚上像這樣打電話過來，是有什麼事

嗎，亞玖璃同學？」

『嗯！雨雨，明天，你想不想來人家的家裡——』

我立刻掛了電話。接著，我還考慮要不要進一步切掉電源，但我再狠心也還是會稍微猶豫，因此在實際動手之前電話就再次打來了。

「…………」

……我輕拂螢幕，隨手試了一次拒接來電……然而，電話還是馬上打來了…………乾脆設成來電黑名單算了……儘管我一瞬間起了這樣的念頭，卻無法跨過那道底線。進一步來說，結果我的性子就是沒辦法完全不理亞玖璃同學。

我接起電話，這次亞玖璃同學似乎也多少學乖了，就毫無怨言地突然對我說明：

『欸，人家懂喔！人家明白！人家是可以理解的！雨雨目前注重的就是「不多事」，這是可以理解的，所以去家庭餐廳要有節制，人家也鄭重答應了！沒有錯！』

「既然這樣，妳為什麼要在這個時間點提出這種感覺不只對我有影響，對妳的戀愛也會嚴重扯後腿的重量級活動……」

面對我由衷傻眼的說話語氣，從電話另一端冒出的是……

『……大概是因為……即使人家都明白，也還是只能跟你求助吧，雨雨……』

……難得聽見的亞玖璃同學像這樣憔悴至極的聲音。

「…………」

我依然把耳朵湊在手機旁，還忍不住仰望自己房裡的天花板。

……所以，我原本才想盡快掛電話。

畢竟事情變成這樣，我，雨野景太可以挑的選項根本就只剩——

*

「哎呀～～來得好，雨雨！喲，真不愧是男子漢！」

「…………」

星期日的早上十一點。

我在亞玖璃同學家附近的公車站，帶著混濁如泥的眼神下了車，身穿大衣的辣妹立刻就搓著雙手湊了過來。

放我下車的公車關門駛離時，我都沒有看辣妹那邊，嘴裡就開始嘀咕：

「今天……我要不要就鼓起勇氣，突然試著約天道同學出去玩呢～～……我是有這樣想過啦～～……」

「不、不好不好不好！天道同學今天肯定另外有安排了，沒錯！」

「……即使如此，重要的部分在於『我突然主動約她』吧……這樣能不能把『想見面的心意』傳達過去呢……我本身是有這樣想過……」

「不，不好不好不好！雨雨，戀愛心法並不是只有一味猛攻喔！」

「……是這樣嗎？」

「嗯，絕對沒有錯！人、人家覺得，不要勉強約天道同學才是對的！」

「……既然是亞玖璃同學說的，或許沒有錯吧。哎……只是……」

「只、只是？」

我仰望彷彿隨時會下起大雪的灰濛天空，嘀咕了一句：

「在星期天偷偷跑來有男朋友的女性家打擾，即使像我這樣，也知道這種舉動對自己的戀愛來說，根本就是『接錯線的劇情』啦……」

「……或……或許是耶～～……」

亞玖璃同學轉開目光噘起嘴，吹起她一竅不通的口哨。

我嘆了口氣切換心情，然後對她微笑。

「話雖如此，杵在這裡也會冷，能讓我到妳家打擾嗎？」

「咦？嗯……好、好啊，當然可以了！我們走這邊，雨雨！」

亞玖璃同學頓時臉色開朗地走在我前面。頭戴白色針織帽，在踏平的雪地上連蹦帶跳地走著的模樣就好像野兔一般，連之前不高興的我都覺得氣消了。

在跟著亞玖璃同學朝住宅區走的路上，我試著問她今天的概要。

「所以呢，為什麼今天要找我去妳家？在電話裡，妳好像莫名其妙地提到了『只是想在家裡玩遊戲』……」

「啊～～嗯，那個，實際上就是這樣沒錯……」

亞玖璃同學一邊放慢腳步一邊回答我。

「簡單來說，雨雨，人家就是希望跟你在家裡玩電玩遊戲。」

「是喔……呃，這我倒不介意，可以跟別人一起玩遊戲，對我來說也算正如所願……」

「對吧？看嘛，這樣你不是也有好處嗎，雨雨！」

「是、是這樣沒錯……」

亞玖璃同學突然回過頭來還咄咄逼人，讓我感到動搖……的確，假如只是跟朋友玩遊戲，對我而言算相當吸引人的邀約……固然是這樣啦……

「可是亞玖璃同學，為什麼對電玩興趣缺缺的妳會邀我玩遊戲？」

「咦？呃……沒有啦……該怎麼說好呢……」

亞玖璃同學頓時又重新面向前方，像是為了從我面前轉開臉而在雪地上邁出步伐。我也不落人後地跟上去，途中……她隔了一大段時間才繼續說：

「……雨雨，要講的話，是有別人想要跟你玩遊戲……」

「咦？妳以外的人嗎？難、難道是家人？」

亞玖璃同學有沒有兄弟姊妹，我不記得耶。啊，或者是她的父母？倘若如此，我好歹也是男的，要見面難免會相當尷尬……

亞玖璃同學似乎察覺到我在擔心這些，就幫忙打圓場。

「啊，不要緊，並不是父母喔。講明白點……其實是『表親』啦。」

「妳的表親？因為那位表親想跟別人玩遊戲，所以妳就找了我？」

「嗯……對、對啦……差不多，就是這樣。」

亞玖璃同學答得不太乾脆。儘管我用存疑的眼神看她，大致上還是能諒解。

「（因為有表親想玩電玩，才找喜歡電玩的朋友到家裡，而不是找男友……哎，道理上是說得通。）」

至少這件事情比我當初想像的健全多了，或者說，似乎不會對我造成太多危害。

這樣的話，就算我到亞玖璃同學家打擾的事情穿幫了，還是可以光明正大地對上原同學或天道同學說明……沒錯。

既然如此，昨天我在電話裡的應對或許就有一點自我意識過剩了。

我搔著臉頰開口：

「呃……總覺得我應該說聲抱歉，亞玖璃同學。是我想太多了。」

「咦？啊……啊～～就、就是嘛！雨雨，你最近對女生實在好敏感！」

「或許是呢，我應該反省……說得也對。就算是我們，也不至於動不動就跟戀愛糾紛連上線嘛。」

「就、就是啊。」

我對亞玖璃同學說的話安了心，就直接跟她閒聊起來。

「啊，對了對了，提到要反省，或許妳已經從上原同學那裡聽說了，之前捲入走失兒童風波那次也是。我最近就相當後悔，那時候自己是否還能多做些什麼——」

當我話講到這裡，就在這時候——

在一棟公寓前停下腳步的亞玖璃同學說了「這邊」，並且上前解除門的自動鎖。我愣愣

地隔著玻璃門望著大廳內部，坦然說出自己的感想。

「總覺得這棟公寓好高檔喔，跟妳不太搭調。」

「雨雨，你在女性面前總是會多一句不討好的台詞耶。」

「討厭啦，我只有對妳才會這樣。」

「哇～～人家好欣慰～～」

亞玖璃同學用機械般的語調回話，一邊輸入解鎖密碼。我不經意地別開視線，在電子聲響起以後自動門就開了。

亞玖璃同學邁開步伐並繼續說：

「不過，實際上這裡並不算高檔喔。畢竟才五層樓高而已，房子又一點都不新。相對地，裡面空間是比較寬廣，房間也還算多啦。」

「哦～～空間寬廣啊，那不錯嘛。」

「…………哎呀～～這倒不好說……」

「？寬廣不是比狹窄好嗎？」

「是啊。人家在大約一個月之前也是這麼想的……」

「？」

亞玖璃同學說著若有深意的話，穿過大廳。我也連忙跟上去，然後兩個人一塊搭上了電梯。她按下五樓的按鈕，門隨之關上。

「「…………」」

接著不知道為什麼，我們倆就在密室中一語不發。要說我這邊，單純就是第一次到別人家打擾會緊張。然而……

「…………」

我透過擦得亮晶晶，如鏡面般可以反射影像的電梯門看向亞玖璃同學的臉。

「（為什麼連亞玖璃同學都表情僵硬呢……？）」

我們也已經來往滿久一段時間了，但我第一次看到她這樣。跟為了上原同學的事煩惱時一比，那又是不同的臉色。

該怎麼說呢……那真的是只能感受到「壓力」的難過臉孔……

在我東想西想之間，電梯便抵達五樓。我們出了電梯就直接一路穿過走廊……然後在一道門的前面停下腳步。

「…………」

「亞、亞玖璃同學？」

對她來說明明只是回到自己家，不知道為什麼，她卻在門前露出緊張的神色，甚至還開始深呼吸……我越發覺得這樣看來情況不對勁。

我難免介意地又一次用懷疑的眼神看她。

「呃，我是被找來陪那位表親玩遊戲的，沒有錯吧？」

面對我的問題，亞玖璃同學頭也不回地淡然回答：

「對啊，沒有錯喔。雨雨，你只要跟人家的表親玩遊戲就好了。」

「確、確定？」

「嗯……………另外就是……」

「還有另外嗎！」

亞玖璃同學突然又要加其他要求，一邊還把手伸向門把。

於是，她都不給我空檔反駁……就硬是踏出下一步。

「另外就是『講話要配合人家』——我回來了！」

「咦，等等，那是什麼意——」

不理會疑惑的我，門被打開了。

首先進入視野的是玄關，接著則是鋪了地毯延伸向前的走廊。

內側被通往客廳的門分隔開——下個瞬間，我正在觀察的那道門就被使勁打開，有道小小的身影連滾帶蹦似的衝了出來。隨後——

「妳回來了～～亞玖璃姊姊～～！」

——還有女童發出匆促腳步聲跑來的身影。

…………

……感覺有夠眼熟，身穿哥德蘿莉風服裝的女童身影。

她跑來玄關以後，就順勢撲到亞玖璃同學的胸口。接著……亞玖璃同學緊抱著她，還一邊摸頭一邊溫柔地細語：

「欸欸欸，這樣太危險了嘛——美衣。」

「……美衣……」

我不禁複誦她叫的名字。於是，那個女童——美衣忽然把視線轉向我這邊，並且「啊！」地睜開圓圓的大眼睛。

「疑似宅男追捧的公主！」

「妳別用那種方式記我好嗎，美衣！」

在那裡的，果然就是不久前走失的那個女生……伏黑美衣小朋友。

而亞玖璃同學抱著美衣，一副不可思議的樣子偏過頭。

「咦，雨雨，你跟美衣認識？為什麼？」

看來亞玖璃同學似乎不曉得那起走失兒童風波。

「呃，那是因為……」

我開口想簡單說明……可是我那句話被從走廊深處響起的另一名人物的說話聲打斷。

「噢，亞玖，看來妳似乎有把人帶到嘛。」

彷彿一口氣掌握、支配現場的空氣——讓先前的對話及一切都變得無關緊要，依舊蘊含著龐大施壓力道的說話聲。

……即使想忘也忘不了的說話聲。這……

「媽媽。」

美衣離開亞玖璃同學身邊，朝裡頭跑去。我也挪動目光跟著望過去……便看見走廊深處，出客廳之後的不遠處，有著銀髮美女慵懶地背靠牆壁的身影。今天她就沒有穿成一身空服員的模樣，而是細肩帶背心配緊身牛仔褲強調出長腿的家居裝扮，然而那獨特的支配性氣場絲毫未減。

……我額頭冒出冷汗，吞了吞口水。

「（她還是一樣…………是我最怕面對的那種類型……）」

絕美、高傲、充滿自信——彷彿時時都望著他人品頭論足的女性。

對於個子矮、自卑、缺乏自信——時時都在畏懼他人評價的我來說，可說是徹頭徹尾不對盤的那種人。

所以在當時……我也是看了她一眼就覺得「想逃」。

而此刻，她居然莫名其妙地用「那樣的眼光」盡情地審視我。

當我不明白那種視線有何含意，硬梆梆地僵在玄關時……她有一瞬間冒出彷彿對我嗤之以鼻的舉動，然後把視線轉回開始脫鞋子的亞玖璃同學身上，接著——她就吐出了震撼的一句話。

「原來如此。玖崽，這傢伙就是妳的——男朋友嗎？」

「…………噫喲？」

我反射性地從喉嚨發出怪聲。再提到亞玖璃同學那邊……她絲毫不顯動搖，還背對我一隻一隻地脫著鞋子，淡然回答：

「嗯，他是人家的『男朋友』雨雨——雨野景太……怎樣，妳有意見要說嗎？」

「嗯？不，我沒什麼想說的。」

她隨口回了亞玖璃同學一句，然後改用讓人背脊發涼的笑容轉向我這邊。

「老娘叫伏黑真音。多指教啊——雨野景太。」

「……好……好的……請……請多指教。」

額前冒出冷汗的我低下頭……喉嚨異常地渴。

她——真音小姐有些滿足似的俯視這樣的我以後，就背對我招呼了一聲：

「哎，總之先進來吧，你們兩個。屋裡寒酸，見笑了。」

「……欸，這裡可是人家的家耶，妳們才是房客……」

當美衣和「媽媽」走回客廳時，亞玖璃同學也跟著無奈地聳聳肩準備要走。但……

「……唔哇！」

……我粗魯地抓住亞玖璃同學的大衣領子，然後用力將她拖過來。

我把嘴巴湊到她耳邊……接著就難得用惡狠狠的嗓音講話。

「……哦～亞玖璃同學，原來，我是妳的男朋友啊？」

「唔……好、好了啦，總、總之你先進來啊，雨雨。好嘛？好嘛？」

叛徒辣妹被勒住脖子還講得出這些話……為什麼我要為了這個騙子，去面對那麼恐怖的人，還非得跑這場似乎會影響到我跟天道同學戀愛的活動？太蠢了。

我放開她的領子，腳步一轉，二話不說就準備當場開溜——

「…………對不起，雨雨，人家是說真的……」

「…………」

——我辦不到了。

「（這時候謝罪，好狡猾。亞玖璃同學，妳好狡猾……）」

我洩氣地垂下肩膀，朝亞玖璃同學回過頭，並且怨怨地瞪她。

「……先不管妳有什麼隱情……我只會就我所能的範圍……就我該做的範圍幫妳喔。假如這樣也行……」

「！嗯、嗯！謝謝你，雨雨！愛你喲！」

「是是是～～我也多多少少愛妳啦。」

我一面敷衍地應聲一面脫鞋。

然後……我總算朝著那條簡直只像通往地獄，而不是通往客廳的走廊，戰戰兢兢地踏出了一步。

＊

從結論來說，那裡果真是地獄。

「好，這樣雨仔『左腳襪子』的『所有權』就是老娘的了。」

「唔……！」

當螢幕正顯示賽車遊戲的名次時，我擱下遊戲控制器，一度從和室椅上站起來。

接著……在三名女性（其中之一為女童）守候下，我慢慢脫起左腳的襪子。於是——

「景太哥哥，你的腿好白～～！」

——美衣在軟軟的沙發上跳來跳去，哈哈笑著。

「唔唔……！」

這、這是什麼莫名其妙的屈辱感？亞玖璃同學和真音小姐的視線好刺人……被人盯著脫襪子原來會這麼羞恥！我第一次發現！

我脫完左腳的襪子以後……總覺得只有右腳穿襪子也怪不舒服的，就打算連那也一起脫掉。但——

「哎呀，你怎麼連右邊也要脫，雨仔？老娘只搶了你『左腳襪子』的『所有權』耶，不必連右邊都給我啦。」

「不，真音小姐，我只是覺得不舒服才想連右邊都脫掉，這並沒有要給妳……」

「是嗎？那麼，既然你要脫掉右邊，就把左邊穿著吧，雨仔。」

「咦？」

「只穿一邊不舒服吧？那我要你繼續保持不舒服的感覺。」

「………………」

……今天，我第一次遇到了真正的惡魔。

我打消脫右邊襪子的念頭，又坐回原位——恐怕不是用來招待客人，而且滿是醬油汙漬和破洞的那塊坐墊上面。

而真音小姐則是坐在一張據說要價十萬圓的高級電腦椅上，居高臨下地看著我這模樣，還滿意似的哈哈大笑。

「……唔唔。」

我懊惱地冒出眼淚，坐在普通軟墊上的亞玖璃同學就從旁把臉湊過來，低聲對我說出今天已經不知是第幾次的謝罪之語。

「……對不起喔，雨雨……」

然而，如此道歉的她……跟目前被迫脫掉衣物的我互為對比，明明待在屋裡，卻被逼著穿一身厚厚的大衣。

我們倆用同情的眼神望著彼此，並且嘆了氣。

——在亞玖璃同學家裡，包含美衣、真音小姐在內，從我們四個人開始玩遊戲算起，大約過了兩小時。

目前我和亞玖璃同學……簡單來說，就是遇到了窮凶惡極的「強盜」。

呃，這次聚會的名義確實是「電玩聚會」，我們做的事以主題來說確實沒多大的差錯。就這點而言，亞玖璃同學並沒有對我說任何謊話。

……只不過，有兩項難以忽略的「問題」要除外。

首先，問題之一。

「好啦，雨仔、玖崽，下一場比賽要賭哪項『權利』？說吧，你們想怎麼玩？」

「「…………」」

這場電玩聚會，每場比賽都必須賭上某項「權利」。

還有，問題之二。

「不過……這樣老娘就二十五連勝了。你比想像中還弱耶，雨仔。」

「唔……」

這個叫伏黑真音的女性……電玩技術高得不尋常。不，從她連玩包含運氣要素的卡牌遊戲都毫無敗績這點來看，與其說是電玩技術厲害，不如說她在「任何輸贏」上都格外強勢。

結果……

「多虧如此，雨仔身上可以剝奪的『權利』就快要耗盡嘍……」

「「…………」」

……我在這兩個小時內活像遇上了強盜。

「（該怎麼說呢……我想起之前去電玩社參觀時的感受了……）」

唉，悽慘與憂鬱度倒是比當時強一百倍，畢竟真音小姐是這種個性。

然後，既然狀況慘到這種地步，或許也有人會覺得早早把比賽收尾不就好了。但……可怕的地方在於，那項「權利」早在第一場比賽就被奪走了。

所謂狡猾，指的正是如此。

——比賽就是要伴隨風險與回饋。

據說這便是伏黑真音這名女性的主張……對旁人造成困擾的主張。

但是對於美衣，真音小姐就沒有搶任何東西。據她表示，似乎是因為「『美衣的所有權』早就完全歸老娘了」……驚人的理論。

而且這套理論在她的表妹亞玖璃同學身上也「幾乎」適用。之所以說幾乎……有別於完全免除徵收的美衣，亞玖璃同學輸掉時會有三成機率被隨興「奪走」些什麼。

「…………」

被隨興奪走「溫度調節權」的結果，就是在屋裡被迫穿上大衣，露出英氣全失的表情，我對這樣的朋友投以憐憫目光。

……雖然說，每次輸掉都會被剝奪些什麼的我也好不到哪裡，不過視真音小姐的心情來決定「放過」或「照搶」，亞玖璃同學的立場似乎也有其難受之處。

畢竟以結果來說，亞玖璃同學等於要違背自己奔放的性格，被迫「看人臉色」。以一般的表姊妹來說，感覺關係是有點扭曲。

「話說回來，媽媽是最強的呢。」

「哈，講這種理所當然的話。美衣，扣一分。」

「居然要扣分！」

受了打擊的美衣撲倒在沙發上……可憐歸可憐，同時也有一點可愛。

啊，還有關於美衣跟真音小姐的真正關係，大致上正如所料，她們是年紀差距較大的姊妹而非母女。

只不過她們的母親似乎在生下美衣以後就出走家門，相差好幾歲的真音小姐無異是「姊代母職」……所以她會格外講究「所有權」，或許就是源自這一層背景……也或許不是。我本身會投給與生俱來的胖虎氣質一票。

「「…………」」

於是，當我們都將心思放在逃避現實兼回想時，真音小姐就有些不耐煩地催我們比賽。

「來吧，雨仔、玖崽，來比下一場。」

「「……好～……」」

我們吃不消地又一次握起遊戲控制器。

順帶一提，我們被取名為「雨仔」及「玖崽」，當然也是權利被奪走的結果。

「（之前，美衣曾經提過「媽媽」有很多「手下」……事到如今，我想我很能理解那是什麼意思……）」

當我從如此的思緒轉而窺探美衣那邊時……她似乎就紅著臉，表現得忸忸怩怩。

「美衣？」

我一問……美衣便認命似的下了決心向真音小姐開口：

「媽媽……我想，上廁所……」

「啥？要上的話，妳一個人也能去吧。」

「是這樣沒錯………可是，這套衣服我不會脫……」

美衣說著就看了自己身上穿的那套做工格外精細的哥德風禮服……我猜這八成也是真音小姐一時興起「要她穿」的吧。真音小姐再不通情理，似乎也只能認栽表示「好啦好啦」並且起身。

「玖崽，就借用妳的房間幫美衣換衣服嘍？」

「啊，好的，可以喔～～」

於是，在她們倆準備結伴離開房間時……彷彿算準我跟亞玖璃同學瞬間鬆一口氣，真音小姐留下一句話才走。

「好……那麼，下次我就要雨仔的『嘴脣權』好了。」

「「…………！」」

大概是因為我們嚇得背脊僵掉，真音小姐便滿意地哼著歌將門關上。

伏黑姊妹完全走到另一個房間以後，我們大大地呼了口氣。

從緊張獲得解放，使得我們兩個都癱軟地將全身靠在和室椅的椅背上。

我仰望天花板，朝旁邊的辣妹搭話。

「亞玖璃同學……經過剛才那些，我想我大致可以了解妳之所以用『男友』的名義邀我來家裡，而不是找上原同學的理由了……」

「啊～～幸虧你明白，雨雨……對不起喔。」

「不會……假如我處在妳的立場，又有個跟真音小姐一樣的男性版表親……的確，我應該也不敢把天道同學介紹給他。」

光想像就可怕。表示會有個帥氣能幹的空服員對天道同學講出「妳是屬於老子的」這種話吧？…………恐怖！那樣的話，亞玖璃同學當然不敢找上原同學來啊！

可是……儘管這些我都明白，即使如此……

「…………」

我發出「嘿咻」一聲從椅背撐起身體，默默地思考過片刻……然後我夾帶沉重的嘆息，朝亞玖璃同學開口：

「……不過，亞玖璃同學，身為朋友，我想……我也差不多到『極限』了。」

「……應該也是。」

亞玖璃同學同樣從椅背撐起身，語帶苦笑地如此回話。令人意外的是，她既沒有責備我也沒有央求我。

我繼續說道：

「假如她要的『權利』在笑得出來的範圍內也就罷了。可是……涉及『嘴唇』這樣的領域，對『冒牌男友』來說負擔實在太重。更重要的是，如果真的被奪走，那我會對不起天道同學。」

「嗯，你說的這些並沒有錯。」

「而且棘手的是……那個人屬於一旦說要，就絕對無法當玩笑話了事的類型吧？況且她也是可以毫無感情地接吻的那種人。」

聽了我的推測，亞玖璃同學笑著表示：

「不愧是雨雨。你還是老樣子，只有觀察人的能力特別敏銳呢。正如你說的，所以人家才煩惱啊，從以前就這樣了。」

「從以前？」

「啊，由於各種因素，真音姊她們是最近才開始在我們家短期寄住的。到美衣剛出生那陣子為止，她們家都是住在本地喔，原本。」

「哦，原來是這樣。」

「對呀……啊，人家剛才想起來了，印象中真音姊也是從音吹畢業的。」

「咦，那麼，她也算是我們的學姊嘍？」

「是啊。想想那差不多是四年前的事了……音吹最亂的時期。」

「哦～～……雖然真音小姐的個性是那樣啦，不過長得那麼漂亮，電玩技術又好，她當時應該處於跟天道同學類似的定位吧。」

「呃～～不確定耶。以前總不可能染銀髮，感覺應該不到那種地步喔。啊，玩遊戲或跟人比輸贏倒是從以前就很厲害了。」

「哦，這樣啊。原來真音小姐從以前就很會玩電玩……」

「對呀，沒有錯。真音姊很會玩電玩……幾年前……還在音吹讀書……」

「…………」

「…………」

聊到這裡，我們倆內心都有塊莫名的芥蒂。很會玩電玩……真音……這個名字的拼音……可以寫成………？

…………

……M・A・I・N……？

「「…………」」

不不，不會吧，哪、哪有這麼巧……我們倆看了彼此的臉，亞玖璃同學就失手把真音小姐原本擺在桌上的手機弄掉了。幸好只是從不高的位置掉在地毯上，因此並沒有什麼破損，相對地……碰撞使得畫面亮了。我們不免從上面看見——

「「（好像有《神與惡》的手遊更新訊息耶！）」」

亞玖璃同學連忙按掉畫面，將它擺回桌上。老實說，稱不上鐵證。可是……在我們看來，光靠感覺就已經可以完全篤定了。

「「（原來M・A・I……就在我們身邊……）」」

這該怎麼說呢？簡直有種海闊天空的感覺。與其說訝異，我跟亞玖璃同學都只有冒出「釋懷」的情緒。

而且來到這一步，我們越發認為……

「……嘿咻。」

我緩緩從和室椅起身。至於亞玖璃同學……則是擺出一副帶有認命色彩的笑容，望向這樣的我。

「也是啦～」

亞玖璃同學努力用輕鬆的調調開口。我將視線從她的笑容轉開，並且回話：

「這已經不是我……『亞玖璃同學的男性朋友雨野景太』應該強出頭的場面了吧？要由身為真正男友的上原同學出面……或者單以電玩這一塊來講，要由天道同學來挑戰才對。」

「嗯，雨雨，完全就是你說的那樣。」

亞玖璃同學點頭稱是，也跟著站起來。接著她手腳迅速地將我掛在房間角落的單肩背包和大衣拿過來，還帶著笑容說出「給你」將東西遞給我。

「趁真音姊還沒回來，雨雨，你就偷偷回家吧。」

「雖然很抱歉，不過這樣總會比較好，為了彼此的戀愛著想。」

「對呀。雨雨的嘴唇要是被奪走，當然就糟糕了。人家也覺得像這種私人領域的問題……果然還是應該從一開始就分清楚，直接找男朋友介入才對。」

「就是啊。我也覺得自己不該冒犯上原同學負責的領域……為了彼此的戀愛著想。」

「嗯，為了彼此的戀愛著想。」

我們倆就這樣平靜地對彼此微笑。總覺得……從以前似乎沒辦法想像，我們的互動能進步至此。換成以往的我們，就會不經思考地在這種場面做出傻事……可是，如今我們都懂得「適時而退」了。

總之可以確定的是，如此的我們已經達到一種「成熟」的境界。

我迅速披上大衣揹好背包，然後盡可能放低腳步聲穿過走廊。

於是，從廁所前的房間傳來美衣和真音小姐的說話聲。廁所似乎已經上完了，她們回到亞玖璃同學的房間，正在重新換衣服。

我躡手躡腳地走到玄關，然後悄悄穿上鞋子，再回頭望向後面。接著，我就跟過來送行的亞玖璃同學簡短地道別。

「那麼，亞玖璃同學，今天就到這裡。」

「嗯，謝謝你喔，雨雨。你幫了大忙呢。」

「……沒能奉陪到最後，對不起。」

「不會。人家覺得確實就像你說的，接下來並不是『雨雨該負責的領域』。人家差不多……該去依靠祐了。」

「……我想這樣會比較好，無論對我，或者對妳來說。」

「嗯，說得對，這樣比較好，無論對人家，或者對雨雨來說。」

我們又一次朝彼此微笑，接著終於要分開了——

「喂喂喂，連句問候都沒有就中離，實在該處罰(Penalty)吧，雨仔、玖崽？」

——就在那一瞬間，不知不覺站到亞玖璃同學背後的真音小姐帶著至今最具威嚇性的嗓音警告……而且，她說得合情合理。

「「…………」」

當我們都說不出話，背後還冒冷汗時，從房間裡小步走出來的美衣……宛如要袒護我們，用心良苦地開口：

「啊，因、因為景太哥哥之前已經被媽媽搶走『跟美衣道別的權利』了……對不對？」

「咦？」

那句打圓場的話實在機靈得不像小朋友，讓我吃了一驚……而真音小姐則是莫名開心地揚起嘴角。她粗魯地摸著美衣的頭笑了笑。

「啊哈哈，是嗎是嗎？原來如此！那就沒辦法了！哎，完美的邏輯！連聲音都吭不出！讓妳擺了一道！哎～～認輸認輸！」

真音小姐心情大好……雖然不曉得是怎麼回事，這樣看來我似乎不用挨罵就能回家了。

我露出可悲的客套笑容說：「那、那麼——」並且舉起手。

「我、我先告辭了……」

「行啊，你不必受處罰就可以回家。掰啦，雨仔。」

「掰掰，景太哥哥！」

……好，我回得去了！

我對伏黑姊妹揮了揮手，對自己總算可以脫離這段「不該由我負責」的劇情感到安心，捂著胸口轉向門那邊——

「但是玖崽，妳就得受罰了。我想想，剛才在妳房間發現的這副鑰匙圈是滿稀奇……」

——然而，我當時對眼角餘光瞄到的東西迅速起了反應，立刻轉向真音小姐那邊，於是在下個瞬間——

「——就拿這個叫『菈蓓亞詩』的玩意兒來抵銷——」

——話還沒講完，我已經用力地掐住了她的手腕。

掛在真音小姐中指的鑰匙圈上吊著一對「菈蓓亞詩」的熊寶寶……象徵亞玖璃同學和上原同學的雙色熊熊，在她的手掌底下叮叮噹噹地搖晃著。

「「…………」」

現場的時間靜止不動。亞玖璃同學和美衣浮現疑惑的臉色。

不知道在樂什麼的真音小姐將嘴角揚得更高，至於我……

「喂喂喂，是怎樣啦，雨仔？你不是要回家了嗎？」

「…………」

「雨、雨雨！」

回神後的亞玖璃同學出聲規勸我。我飛快地……卻又仔細地瞄了一眼，觀察她的臉。

而亞玖璃同學……彷彿有什麼想法不想被我看透，馬上就把臉湊到我耳邊，拚命緩頰……

「人、人家不要緊的！你先乖乖回家啦，雨雨！趁事情還沒有變調！那樣絕對比較好，聽人家的話！」

「…………」

聽了亞玖璃同學的話，有一瞬間，我閉眼思考。

於是我想起……自己去年一年來的「成長」，還有這一星期以來的「心態」。

透過去年一年的烏龍與誤會，我學到了無可取代的成長。

藉此我想出的解答，以及心態。

不要強出頭。

不要多嘴。

不要跟人起爭執。

結果我得到了安定的日子。

而且，周圍對我這個人給了有長進的評價。

目前有長進的我，就是由那些明理的「思慮」與「正確解答」所構成。

那一切的一切——

——在朋友的眼淚前，都比廢物還不如。

「……我們再比一場。」

我這麼嘀咕，下定決心睜開眼睛。接著，我挪動視線，再次確認亞玖璃同學的眼角有冒出一絲絲……細微而又確實存在的眼淚——

——我便完全做出覺悟，對真音小姐擺出挑釁的笑容。

「再比一場就好，真音小姐，請妳跟我用『電玩遊戲』決勝負好嗎？而且，就用妳最喜歡的『所有權』來賭。」

「……哦。」

真音小姐的臉上露出了彷彿想說這種演變讓她喜不自勝的愉悅表情。

當亞玖璃同學和美衣都跟不上狀況而愣住時，我們又繼續對話。

「不過雨仔，事到如今，你還有什麼可以拿來賭——」

「有啊。我賭——我自己。換句話說，就是『雨野景太的所有權』。要是我輸了，把我一輩子都當成妳的手下或跑腿工也無所謂。」

我立刻回答。就在最愛比輸贏的真音小姐表情開始帶著陶醉時，亞玖璃同學就忍不住介入了。

「等等啦，雨雨！你從剛才開始是怎麼了！你傻了嗎！」

「啊，是的，妳說得對。目前，我冒犯了其實該由上原同學出面的領域，還厚臉皮地站到憑天道同學的實力才夠格上場較量的舞台。」

我對亞玖璃同學露出害臊的笑容……亞玖璃同學啞口無言了。

「……呃，既、既然你也曉得，為什麼還要像這樣——」

然而，彷彿要斷絕亞玖璃同學那樣的疑問，真音小姐依舊我行我素地繼續談下去。

「好吧，雨仔，那麼，假如你贏了，這對『菈蓓亞詩』就還——」

「啥？妳在說什麼夢話啊，真音小姐？」

「……啊？」

「不不不不不。以常識來想根本不對等吧，『人的所有權』和『單品熊寶寶鑰匙圈』。妳那邊要再加一些籌碼才行。」

「謝謝妳。」

「嗯……這倒也是。沒錯，你說的有理。老娘可以認同，雨仔。」

「「…………」」

我們談的內容，已經離譜得讓亞玖璃同學和美衣都跟不上了。她們倆只能目瞪口呆地守候事情的發展。

然而只有一個人……唯獨真音小姐仍「嗯」地哼了聲，繼續認真探討。

「不過，我說雨仔啊，既然這樣，你在自己獲勝時想要的是什麼？」

「那還用問嗎？我要的，同樣是人的所有權。」

「哈！好大的膽子，難不成你要的是老娘？從能力來看並不對等吧。」

「嗯，我才不想要妳這種人。我要求的東西，就只有一個。」

「你要什麼？」

「妳傲慢地自以為『握在手上』的那些人的所有權。」

接下來我打算說的、打算做的，在我這陣子終於得到的「青春」當中，顯然都是「有錯」的舉動。

讓我的成長付諸流水。

妨礙到亞玖璃同學的戀愛。

招來千秋的不快。

也許，還會惹上原同學生氣，甚至有可能導致絕交。

不……何止如此。

最糟的情況下，說不定我又會回到寂寞的落單高中生活。

像這樣，對我還有我身邊的所有人，都只能說是最糟的選項，此刻，我正打算搏下去。

……不過，誰管那麼多。

「真音小姐，假如我在下一場『比賽』贏了妳，到時候——」

不懂得看場合，任性妄為，既愚蠢又有錯誤，很容易就被激怒，有時還硬要強出頭……

像這樣，簡直無藥可救的大傻瓜。

可是——

我敢說，那肯定才是——

——讓天道同學喜歡上的原原本本的我。

我毅然望向真音小姐的眼睛。

宛如某位讓我尊敬不已的天才金髮硬派玩家那樣。

堂堂正正，無所畏懼。相信著——自己。

於是，我終於向她——提出了那光聽就覺得荒謬，簡直逾越本分過了頭……卻又跟我的作風再相襯不過的「勝利報酬」。

「——我就要收下，亞玖璃同學的一切。」

一時的「成長」已經不需要了。

這就是我——倔脾氣的落單電玩咖，雨野景太。

✖後記

大家好，我是以一年大約會搞錯一次的頻率買下已經有的漫畫或遊戲的葵せきな。不知道為什麼耶，發現有那種狀況的時候，情緒就低落到不行。原本應該是跟累積沒讀的書或累積沒玩的遊戲一樣浪費錢，可是失望的程度沒辦法相比呢。該不會是因為還要加上對自身愚蠢的反省吧。

依舊糟糕的廢人開講先放一邊，這是後記。正如直覺靈敏的讀者從廢話所占篇幅可以察覺到的，這次內容還算長。有九頁。

…………

那邊那位聽到九頁就覺得「哎，這次還好嘛」的讀者，恕我老話重提，奇怪就是奇怪啦，那套標準。呃，雖然我從責任編輯那裡聽到時也是覺得「還好嘛」。如果對這種慘烈的價值觀感到適應，到最後就會像少年漫畫的戰鬥力一樣漸漸通膨喔。將來遲早會對寫了十六頁後記就滿臉得意的葵せきな嗤之以鼻喔。何止如此，最後搞不好會變成電玩咖正篇只有兩頁，剩下三百多頁全是後記，事情要是鬧到讓這種前所未聞的輕小說付梓出版，我也不管喔。

唉，老實說，那樣似乎也有點好玩就是了……因為在我心裡，至今仍有對「前所未聞」這種詞感到心動的中二病精神……

咳咳！

那些妄言妄語就不提了，要有「後記」的樣子，好好地談作品。

就我個人而言，這集是以「由雨野景太主秀」為概念寫出來的。呃，他好歹是主角，所以要說每集都是「由雨野景太主秀」倒也可以，但以往對周遭有高機率造成影響的他，在這集可說是變成要決定來自周圍的影響以及用什麼方式去面對。

……談得好像很正經，實際的內容卻是跟女童勾搭，還有被恐怖的大姊姊勾搭而已。還沒看內文的朋友請不要太緊張，實際讀過以後，就會覺得後記亂嚴肅的措辭是在耍蠢。

因此，這次感覺並沒有特別讓哪個女主角擔任主秀……以登場的戲分來看應該算平均。不過硬要從整體印象來講的話，或許可以算亞玖璃主秀。畢竟還提到了她跟雨野的「愛情結晶」嘛！尚未讀到這一段的讀者，請務必做好準備再讀！

…………

呃，雖然這是在對尚未讀到的讀者呼籲，事到如今，已經看完《GAMERS電玩咖！》第八集的讀者，再怎麼說好像也不會上這種當……

哎，算了。何況這本書的讀者們，好像也會用毫無靈魂的腔調幫忙捧場說：「哇～～被騙了～～」

啊，還有，天道同學難得有一回扎扎實實地玩到了遊戲，應該也算是這集的特徵。畢竟正篇說她是硬派玩家，以往在內容上卻不太有機會寫她玩電玩遊戲的情況。我寫著寫著也覺得既新鮮又開心。

不管怎樣，這是自第一集起，總算又輪到「雨野景太」出現在副標題的第九集。若能讓各位讀得開心便是我的榮幸。

……老樣子，作者談起作品依舊只用了短短的篇幅就交代完畢。怎麼辦？頁數可還剩下一半以上……

那、那麼，也來談談動畫。

其實這部《GAMERS電玩咖！》有幸在２０１７年夏天播出動畫版。還沒看過的讀者，現在仍有ＤＶＤ、藍光光碟、網路播送等方式可以觀賞，有空請務必看看。已經觀賞過的讀者們，感謝你們。

身為作者，我也度過了十分幸福的三個月。對製作人員們只有感謝之語……真的，我在工作方面也只有收到謝詞而已。未、未免太幫不上忙了！

呃，實際上，原作者之於動畫或漫畫……應該說我這個人，葵せきな，對其他媒體的貢獻大概遠比各位讀者想像的還低！只需在成品出來後負責收看並感動地表示：「好厲害～～超有趣耶～～」的簡單工作。這就是原作者。要不然就是表示：「好厲害～～……真的超有趣耶～～……唉……」然後對自己的小說失去信心的麻煩人種。這正是原作者。

……唉……動畫與漫畫……真的都製作得好棒……我根本……就只會寫亂長的後記……唉……

好了，討安慰的話擺到一邊，回頭談動畫。

動畫版自然是影像媒體，因此獨白提到的電玩哏難免會變少。相對地，擺在背景或小東西上面的電玩哏就多了，連原作者都不見得能全部認出來。尤其是散見於片頭曲的那些哏，真是……！

……不過該怎麼說呢，像這種時候，由於我姑且對喜愛電玩感到自負，有一點點認不出的哏就會異常懊惱。

這麼一想，莫非《GAMERS電玩咖！》原作的讀者們偶爾也會嚐到這種心情？倘若如此，實在是萬分過意不去。不過，作品裡出現的遊戲幾乎都是「我覺得超有趣的遊戲」，假如喜愛電玩卻沒有玩過那些，請務必試玩甚或添購！《GAMERS電玩咖！》也兼具葵せきな

推薦的遊戲大全要素喔！……呃，擅自兼具這種要素也會令人困擾吧。

對了對了，說到遊戲，偶爾也來談談桌遊。雖然《GAMERS電玩咖！》劇中不常提及桌遊（卡牌遊戲、不插電遊戲），但作者屬於也會玩一玩的那派。

難就難在玩這類遊戲無論如何都需要多找幾個人，並沒有電玩遊戲那麼方便。相對地，這類遊戲好在完全不需要遊戲控制器的操作技術，與朋友熟人同樂自然不必說，用於跟親戚小玩怡情也相當合適。以《GAMERS電玩咖！》來講，算是天道同學和亞玖璃也能對等競爭的遊戲……呃，總覺得玩桌遊是亞玖璃比較厲害（擅自抱有的印象）。

然後，不可思議的部分在於規則完全相同的「手遊版」以及實體桌遊，玩起來給人的印象差異滿大的。如果完全以我個人的興趣來講，還是用實體的桌墊或卡牌來玩更能助興。連興趣的重心放在電玩的我都如此認為，可見有意思。

不知道那是為什麼喔，從實際算分數或準備場地等方面來說，手遊版有些部分讓人覺得既無壓力又優秀得多，但是能摸到棋子或卡片，玩起來大概就更有感情吧。

啊，從這個角度來想，雖然我並不常玩，套入麻將來思考或許會比較好懂。電玩麻將玩起來固然方便很多，然而實體麻將牌的質感想必也有其確實的價值。

……雖然說，像我這樣的落單族，玩手遊版的莫大好處就是「一個人」也可以跟CPU

開局啦！手遊版真不錯！

……………唉。

那麼，聊到了手遊，接著就來談談「移動時打發時間的方式」。

旅行及工作有安排長時間搭乘新幹線或飛機時，像我這種人就會趁機夢想：「讀那本小說吧。」「著手玩玩這款遊戲吧。」可是一搭上交通工具，往往又覺得：「會暈就算了。」「……閒著也是閒著，要小睡一會兒嗎？嗯～～……」「啊，好像已經到了耶。」每次都這樣。

這種無法利用移動時間的毛病不知道是怎麼一回事。看到在新幹線上打開筆電忙著打資料的上班族，總覺得跟自己無益的度日方式比較過後，就有點想死。雖然我姑且還有「構思小說就是要利用這種時候，沒錯！」這套無敵的藉口，所以每次都勉強能騙過自己。

另外，我認為睡眠同樣是有效利用移動時間的方式之一，但我屬於特別難入睡的那種類型，搭飛機無法一下子就睡著也是個痛處。好，似乎睡得著了——有時候才這麼覺得，服務員便會開始發飲料……呃，暫且忽略應該也可以，不過該怎麼說呢？大概是因為我小心眼吧，人醒著就覺得有飲料不拿不行……

結果，什麼事情都沒做成，卻莫名就是會暈車或暈機，然後累懨懨地抵達目的地……日

子過成這樣。

我已經不知道該如何是好了。

沒辦法，下次移動時，我要發洩出這股鬱悶，把時間用來幻想《GAMERS電玩咖！》第十集的內容。假如感情戲在第十集格外糾結，「啊，葵せきな似乎是搭長途交通工具了……」請各位如此體諒……被人用這種方式決定戀情去向，雨野等人也受不了吧。

那麼那麼，接下來要發表謝詞。

首先是在跨媒體改編之際，百忙中仍為本集繪製出精美插畫的仙人掌老師。我一直都很感謝您，往後還請多多賜教。

接著是責任編輯。於跨媒體改編之際，聯絡及開會等事務想必也是繁忙無比，畢竟原作者真的什麼都沒做。真的辛苦您了，往後請繼續賜教。

還有，最後是各位讀者。

無論是從以前支持到現在的讀者，或者看了動畫版而跟著朝原作伸出手的讀者，誠摯感謝你們的聲援。

原作的《GAMERS電玩咖！》今後仍會繼續寫下去，不過就跟這集的雨野一樣，我期許自己萬萬不要忘記「初衷」，還能誠心誠意地編織以後的劇情，因此各位若能繼續給予關懷，便屬甚幸……啊，至少不會從下一集就突然轉型成電玩決鬥類的作品，這部分真的敬請放心（笑）。

那麼，讓我們在大概預定於二〇一八年春天上市的第十集再會吧！

葵せきな

國家圖書館出版品預行編目資料

GAMERS電玩咖!. 9, 雨野景太與青春SKILLS RESET / 葵せきな作；鄭人彥譯 -- 初版 -- 臺北市：臺灣角川, 2020.03
面； 公分
譯自：ゲーマーズ！. 9, 雨野景太と青春スキルリセット
ISBN 978-957-743-621-4(平裝)

861.57　　109000708

Kadokawa
Fantastic
Novels

GAMERS電玩咖！ 9
雨野景太與青春SKILLS RESET

（原著名：ゲーマーズ！9 雨野景太と青春スキルリセット）

2020年3月18日 初版第1刷發行

作　者：葵せきな
插　畫：仙人掌
譯　者：鄭人彥
發行人：岩崎剛人
總經理：楊淑媄
資深總監：許嘉鴻
總編輯：蔡佩芬
編　輯：孫千棻
美術設計：李思穎
印　務：李明修（主任）、張加恩（主任）、張凱棋

發行所：台灣角川股份有限公司
地　址：105台北市光復北路11巷44號5樓
電　話：（02）2747-2433
傳　真：（02）2747-2558
網　址：http://www.kadokawa.com.tw
劃撥帳戶：台灣角川股份有限公司
劃撥帳號：19487412
法律顧問：有澤法律事務所
製　版：尚騰印刷事業有限公司
ISBN：978-957-743-621-4